JN105516

日々雑感 2

林 孝志

HAYASHI Takashi

文芸社

目次

日々雑感　2

――日々雑感1の続き――

吉祥寺　二〇一七年八月十四日（月）

七月三十一日月曜日、私はJR中央線の吉祥寺駅に降り立った。

駅ビルの「アトレ」内の総合案内所で美貌の受付嬢に店の位置を訊いて南口方面、つまり井の頭公園（井の頭公園には池があり、ボートも漕げる。そのボートに乗ったカップルは別れる確率が高いと言われている。良くありがちな都市伝説の一つ）方面に向かった。そう言えば、昨年も同じ手法を遣《つか》ったのを思い出した。受付嬢は別の人でした（笑）。

人にものを尋ねる時の金科玉条《きんかぎょくじょう》（この上なく大切にして従うべき決まり。岩波国語辞典）は、笑顔で挨拶をし、相手をしっかり見て（日本人はこれが不得手）、きちんと礼を言う。出来ればその店（この場合は「アトレ」という商業施設）が自分の地元にもあることを述べる等である（昨年はこれを言った）。これぞ、コミュニケーション能力。この日も礼を言ったあとの締め括《くく》りの言葉は「美味しい店だといいんだけれど」だった。まあ吉祥寺だから、そんなに〝外れ〟は無いだろうが。

　目当ての店を見付け、店内に入る。時刻は六時四十分。集合時刻（呑み会の開始時刻）は七時。一年振りのメンバーばかりの呑み会である。

　去年のこの会で、私が退職したことを明かしたら、びっくりされた。その驚きようにこっちがビックリでしたが。その時点では私は無職だったが、今は職がある。それが何より嬉しい。気を遣われずに済むからである。

　気の置けないメンバーという点では、定例会（日々雑感1「定例会」）のメンバーと変わらない（定例会は今は夏休みなので、開いていない。九月に再開予定）。

　これは私の最初の職場の仲間達なのである。既に退職した者、管理職になっている者、現役で教壇（今や壇等何処にも無いが）に立っている者、再雇用された者、転職した者、と様々である。

　何故月曜日から呑み会なのか、と疑問に思われるだろうが、実は三十一日（月末）と言うのが大きい理由である。教育現場は七月中は何かと仕事がある。三者面談、補習、当然部活動（部活は八月に入っても続く）と、職場に出勤するのである。その流れが一区切り付くのが七月三十一日なのである。因《ちな》みに、八月最後の一週間も補習をする学校が多い。幾つかの区では二学期の授業を前倒しして行う所もある。可哀想（生徒も先生も）。それで何の教育効果があると言うのだろう（まあ、効果があるからやっているのだろうが……）。

二時間飲み放題で、五千円。吉祥寺だからこれくらいするのだろう。六月二十三日の呑み会（日々雑感1「武蔵溝の口」）は三時間飲み放題で同額だった。料理は、流石《さすが》に満腹でした。美味しかったかだって？　びっくりするほどではないけど、場所代が掛かっているネ。

そう言えば駅前に女子大生と思しき集団がいたが、彼女達は多分「東京女子大学」の学生だと思う。何故そう思ったか？　西荻窪駅と吉祥寺駅の間に大学があるからですよ。彼女達の服装と、しゃべっている内容は、「お嬢様大学」のそれでした。因みに東京の「お嬢様大学」の最たるものは「聖心女子大学」である。最寄り駅は恵比寿駅だが東京メトロの広尾駅も近い。何でそんな事を知ってるかって？　ほら、何しろ私は「國學院大學」（今まで言ってなかったっけ？）だったので、謂《い》わばお隣さんだったのです。但し相手は

「高嶺の花」で、合コンの話等、絶対に起こらなかったネ。彼女達が合コンをするとしたら、お近くの「青山学院大学」を選ぶだろうサ。はあ。

訃報　八月二十一日(月)

七月三十一日月曜日、吉祥寺の一年振りの呑み会から帰宅したら、訃報が届いていた。

私が以前に勤務していた学校の教え子の死である。彼は私の学年の生徒で、野球部に所属していて私は顧問だった。七月二十九日土曜日に亡くなり、通夜は八月三日木曜日、午後六時より、告別式は翌四日金曜日午前十時三十分より、○○院（練馬区の名刹《めいさつ》・由緒ある寺）にてとのことだった。

翌八月一日火曜日、午後六時過ぎに訃報を伝えてくれた教え子（私のクラス）の携帯に電話した。コールが数回続いたので一端切ったら、私の携帯に留守番メッセージがあった。別の教え子（同じく私のクラス）からで、私が電話を掛けるとやはり同級生の死を伝えようとしたものだった。「良く、俺の携帯の番号が分かったね」と言うと、彼は中学校（母校）に行き、私を知る今や数少ない教員に訊いたそうである。偉い。当日は皆で手分けして受付などの係を務めると言う。

その後また私の携帯に着信があり、先程私が掛けた教え子からだった。駅にいるらしくアナウンスが聞こえた。彼にも伝えてくれた礼を言い、私は通夜には遅れてでも行くので、同級生全員は焼香をしても解散しないで待つように言った。

八月三日木曜日、私は職場を三十分早く退勤し（朝のうちに会社に電話し、了承を得ていた）、六時少し過ぎに練馬春日町（都営大江戸線）の葬場に到着した。黒の喪服に黒のネクタイで。会場には大勢の若者がきちんと喪服を着て並んでいた。また制服姿の中学生や野球のユニフォームを着た小学生もいた。亡くなった教え子は少年野球チームのコーチをしていたと言う。私は記帳し、受付で香典を渡し焼香の列に進んだ。そこに私の自宅に電話をしてくれた同級生の母親が挨拶に来た。私はこういう形で再会するとは残念でならないと言った。彼等は二十二歳か二十三歳で、社会人になっている者や大学院に進んでいる者等で、立派に成長していることが見受けられた。

私の列が焼香の番になった。正面の遺影は恐らく成人式の際に撮影された物であろう、ネクタイに背広姿の亡き教え子が微笑んでいた。焼香を終えて御両親が立って焼香客に一人一人挨拶する場に移動した。御両親は覚えていて下さったようで、「このような形になってしまいました」と言われた。さぞや、御無念だったことだろう。

その場を離れ数人の卒業生が集まっている所に行くと、喪服を着た若い女性が挨拶に来た。何と三年生の時、私が担任をした女子である。男子はある程度当時の面影を残しているので分かるのだが、彼女は直ぐには分からなかった。彼女ともこのような場で再会するのは残念至極である。

通夜が終わり、棺の中の顔を見せて頂き、私の携帯に連絡してくれた同級生が近付いて来て「今度、野球部や仲の良かった連中に声を掛けて集まりたいと思います。その時は林先生に御連絡します」と言った。偉い。

教え子が立派に成長した姿を見ることは、教師をしていて一番嬉しいことである。それ故、御両親よりも早く逝くことは、誤解を恐れずに言うが親不孝以外の何物でも無い。

私は三番目の勤務地で、卒業文集にこう書いた事がある。「卒業生諸君、『孝行したい時に親はなし』」と。

先輩　八月二十八日（月）

元の教え子を亡くした（日々雑感「訃報」）ショックを押し隠し勤務していると、私の携帯にショート・メールが届いた。あの訃報が届いた晩、吉祥寺で年に一回の呑み会（日々雑感「吉祥寺」）に参加したメンバーからである。彼女は私が大卒後初めて採用された職場の一年先輩で、所属学年は違ったが私の中では〝働く女性〟の典型に見えた。当時は何しろ数週間前までは私は大学生で、周りの女子も大学生だったからネ。

　その先輩は既に退職し、悠々自適の生活を送っているらしい。「神楽坂か四ツ谷で呑みましょう」という内容の物だったので、速攻で返事を送った（笑）。「曜日は火曜か金曜で、日にちは何時《いつ》がいいですか？」。数回の遣り取りの結果、八月八日火曜日午後六時に四ツ谷駅で待ち合わせをすることになった。火曜日は〇〇高校の勤務なので、どんなに急いでも乗り継ぎの関係で五分ほど先輩を待たせてしまった。御免なさい。私の数少ない信条に「女性と目上の方を待たせてはならない」というものがあったのに。

四谷の街を案内しながら、昔からある呑み屋街「しんみち通り」（私は子供の頃、只「しんみち」と呼んでいた）の店々を見て歩いた。結局、日本酒の品揃えが豊富で肴も各種ある店を選んだ。此処《ここ》は私も一度利用したことがあった。

最初はグラスの生ビールで乾杯し（ジョッキもあるのだが、先輩が日本酒目当てなので相手に合わせた）、枝豆やアスパラガスの焼物、茄子、シーザー・サラダ、刺身の盛り合わせを注文した。日本酒は、最初に新潟県の銘柄を一合注文した。その店は注文された酒の一升瓶を持って来て、客の目の前で一合の器になみなみと注ぐ（二合の器もある）。フレンチやイタリアンで、ワインの栓を客の前で開けるのと同じである（ラベルを見せて確認する）。漬け物を注文する前に、滋賀県の銘柄を一合注文し味を比べた。先輩によると新潟県産に軍配が上がったようだ。

勘定は割り勘で、端数は地元の者である私が払った。店を出てもう一件行こうということになり、以前から利用しているバーに案内した。カウンター席が十四席、二人掛けテーブルが三台、奥に六人掛けのテーブルが一台の店である。

店のスタッフは二名、私のことを知っている。先輩がトイレに行っている隙に「林様の奥様ですか？」と訊かれた。まあ、そう見られても不思議ではないのだが（笑）。スタッフには否定して、先輩が戻ってきた時にカウンターに熱海の檸檬《レモン》を取り出し（日々雑感1「檸檬」）、スタッフに「中が心配だから、切ってあるよ（ラップを掛けてある）。不味かったら捨てて」と言い、先輩には中身の心配ない檸檬を差し上げた。

先輩はラムをソーダで割ったカクテルを、私は〝ダイキリ〟を注文した。〝ダイキリ〟とはラムをライム・ジュースで割りシェイカーで作るショート・ドリンクである。ショート・ドリンクとは量の少ないカクテルの事で、映画「００７」のジェイムズ・ボンドが愛飲する〝マティーニ〟もその一つである（〝マティーニ〟はジン・ベース）。つまりその分アルコール度数が強い。先輩のカクテルは、ロング・ドリンクで、ラムはキューバを代表にカリブ海の島々で生産される強い酒である。その店のラムは〝バカルディ〟だった。メニューを見て、ラム・ベースのカクテルを注文するところが、先輩らしい。

翌日私の携帯に先輩からのメールが届いた。私信だが紹介します。「檸檬有り難う。御馳走様でした。二軒目の店雰囲気良かったです」。

私が先輩をどう思っているかだって？　その答えは〝格好いい先輩〟ですね。先輩が私をどう思っているかだって？　恐らく〝頼りになる後輩〟だと思っているはずです。正確には相手の立場には立てないのだけれども。ふふん。

続・先輩　九月四日（月）

前回の稿（日々雑感「先輩」）で、「彼女」という表現を一度しか遣わなかったことを皆さん御存じだろうか。あとは総て「先輩」という言葉にしたことを。

あの時（一件目の店で）、私がバスケットボール部の顧問をしていた折に、「戦闘教義」（日々雑感1「方策」）という概念を知り、チーム作りに役立てたことを話題にした。ＢＡＴＴＯＬ　ＤＯＫＴＲＩＮと言っても一般の女性には分からないと思うが、何しろ相手はＩＣＵ（国際基督教大学）出身なので、英語は完璧。私のした工夫を理解してくれた。また、別の職場では野球部の顧問をしていたが、「送りバント」のサインを絶対に出さなかったこともある。これは、当時も何人もの他校の顧問達から質問された。彼等に言わせれば、野球は確率のスポーツなので、塁を進めさせることがセオリー（理論）なのだと（野球は詳しいですか？）。甲子園で夏の大会がありましたが、「送りバント」は当たり前でしたね。しかし、私の理論は違っていたのです。「バットを手に握っている者こそ、自分自身でヒットを打ちたいはずだ」と。投手が全力で投げ、打者が全力で打つ。其処《そこ》が野球というスポーツの醍醐味であり、打者が自らの判断でバントをする（打つ自信が無いから）以外は、「送りバント」は面白くない。私はこの信念で、区大会準決勝までを戦った。また、或る日の練習試合で「野球は複雑なように見えるが、実は単純な事の積み重ねに過ぎないんだ！」と球場（校庭）全体に響く声で言ったことがある。試合後に相手の顧問から「勉強になりました」と言われた。相手の方がホンチャン（本格的な部活動）でやって来た人物で、即ち専門家であるにも拘らずにである。

このような話は先輩にとっては初めて聞くことなので、興味を示してくれた。考えてみると年に一回の呑み会（日々雑感「吉祥寺」）では、そういう話題はしなかったからネ。そうそう、あの呑み会は女性二名の男性四名でした。

二軒目の「雰囲気のいい」バーでは、先輩の話も聞けた。勿論初めて聞く事柄で、こういう機会が無ければずっと知らずにいたことでしょう。

と言う訳で、その日（八月八日火曜日）は珍しくも日本酒を約一合呑んで、更にカクテル一杯（最初にグラス・ビールだったね）で、翌日に影響しないように（水曜日なのだが蔵書点検の人手が足りないので出勤）気を付けた。

二軒目のバーを出て、ＪＲ四ツ谷駅まで送っていった。そういえば、昔々同じような展開があったような気がします。その時はまだお互い大学生で、相手は一年後輩の左利きの女子で、季節は冬でしたヨ。今回は季節は夏で、お互い社会人で、相手は　年先輩でしかも右利きです（日本人の八割が右利き）。総てに逆のシチュエーションな訳で、駅の改札前で握手もしませんでした（寒くないので、途中でコートを相手の肩に廻すこともなく）。でも、全然残念ではなかったです。寧《むし》ろ、満足感の方が強かったと思います。自分のことを話し、相手の話を聴く。只《ただ》それだけのことなのだが、それだけに心に響くものがあるのではないでしょうか。「コミュニケーション」は「呑みにケーション」とは良く言ったものである。

次回も四谷で二人切りの呑み会を約束している、と書いたら「下心があるだろう？」と言われそうだが、それには一応否定しておきます。

四谷の夜の物語　九月十一日（月）

八月三十一日木曜日午後六時直前に、私は東京メトロ南北線の四ツ谷駅改札口を通過した。

当日は〇〇高校の勤務なので、先輩より早く到着したかったのだが、先輩からのショート・メールで「五時半ぐらいに着きます」との連絡があった。こちらがまた遅刻である。やれやれ。そう、今日は先輩との「約束の日」（日々雑感「続・先輩」）である。

そうそう、前回も今回も私は夏の勝負服を着てはいない。所謂《いわゆる》通勤服である。ネクタイもしていない。それは何故か？　もうお分かりだろうが、外見を取り繕う必要のない相手だからである。それなら（日々雑感1）「コミュニケーション能力」で言っていたことと矛盾するぞと言われそうだが、実はそうでもないのである。これは宿題にします。

前回と同じく「しんみち通り」を通って（今日は通り越して）、別の通りにいた先輩を発見。先輩は私が指定した店をスマートフォンで検索し、その店の付近に佇《たたず》んでいた。挨拶をして件《くだん》の日本料理店の扉を開けた。この店はカウンター席が八席と四人掛けテーブル席が二台と奥にも五人掛けのテーブルが一台ある。魚介類のメニューが充実しており日本酒の銘柄も豊富で、きっと先輩の好みに合うと考えて、この店にしたのである（私は何回か利用している）。

最初はグラスの生ビールで乾杯し、三種のお通しが出た。先輩が夏野菜の焼き物を、私が刺身の盛り合わせを注文した。この店は一品一品の単価が高い。その分クオリティも高い。ビールのあとはお約束の日本酒である。先輩は山口県の銘柄を一合注文した。私も名前だけは知っている酒であった。私が出汁巻き卵を追加注文した時に、先輩は神奈川県の銘柄を同じく一合注文した。勘定は割り勘で、端数は私が払った（前回と同じ）。

二軒目は例の「雰囲気のいいバー」に行った（日々雑感「先輩」）。あの夜以来、私が訪れることの無かった店である。スタッフが先輩を私の「奥様」と勘違いしたことを、私は先輩には言っていない（笑）。残念ながら、本日は予約で一杯とのこと。サッカー・ワールドカップのアジア最終予選をテレビで放映すると看板の横に表示があった。その店には大型ビジョンの画面が設置されている。

そこで、「しんみち通り」に戻ってスペイン・バルに入った。此処《ここ》は私も初めての店で、既に大勢の客で立て込んでいた。しかし樽を縦に置いたような足長のテーブルが二台空いており、その一つに落ち着いた。先輩はグラスの白ワインを、私はグラスの赤ワインを注文した。ワインは何《いず》れもスペイン産である。当然か。お通しにピーナッツが出た。先輩は、キッチンの前に並べられている食材に興味を持ったようで、店のスタッフに「此《これ》は何ですか？」と訊いていた。美味しそうな物だが少々量が多そうで、次回お腹が空いている時に、ということになった。果たして「次回」があるのか？（笑）

先輩はスペインには何回も行っているようで（私は一回だが）、九月の下旬には台湾へ旅すると言う。私は台湾へも一回行っている。「フカヒレの姿煮」が美味しかったですと言っておいた（お値段は高いけどネ）。

どうやら、先輩と私の共通項は「食いしんぼう」のようである。先輩は日本酒を好むが、私は其《そ》れに合わせることが出来る。つまり「酒飲み」が二つ目の共通項である。三つ目は「人の話に耳を傾けることが出来る」である（これは意外に出来ない大人もいる）。そして、「経済に強い」が四つ目である。何故か？　それはおいおい分かることでしょう。

三連休　九月十八日（月）

本日は「敬老の日」である。

私は先週の土曜日から今日までの三連休である。大抵の人がそうだろうが（病院はそうではないが。お疲れ様です）。現在の仕事に就いて、この〝三連休〟は有り難いと思っている。前の仕事では、土曜日はまず休めなかった。うっかりすると日曜日も潰《つぶ》さざるを得なかった。今年の夏休みは全く無かったが、「山の日」のお陰で「三連休」があった。まあそう言う訳で、立場が変わると物の見方も変わるものだと、つくづく思った。

さて、前回の宿題の答えである（日々雑感「四谷の夜の物語」）。

私は先輩と会うに当たって勝負服を着ていなかった。その私が服装を正すことはコミュニケーション能力の一つだとも述べた（日々雑感1「コミュニケーション能力」）。しかしそれは第一印象で〝好感度〟を得る為のものであり、先輩にとって私の〝第一印象〟は数十年前に遡《さかのぼ》らなければならない。今更《いまさら》〝好感度〟を狙う（？）必要は無いのである。勿論、

「親しき仲にも礼儀あり」であるから、きちんとした服装ではありますが。

先日、株主優待の券（額面は秘密）を使うべく、新宿の商業施設（ルミネ1・ルミネ2・ルミネエスト）を巡り歩いた。

例によって総合案内所の美貌の案内嬢にパンフレットに印を付けて貰い、其れに従って店を訪ねた。その総ての店が女性専門店で、男性の私が入店するには違和感があったが、そんなことは言ってられない。その優待券には有効期限があって、締め切り日が来月なのである。まだ先があると思っていると、あっと言う間に日が過ぎるものである。

私は最初ブローチを求めたが、総ての店でブローチは扱っていなかった。どうも流行《はやり》ではないらしい。ブローチならジャケットの襟に付けても不自然ではないとの思惑《おもわく》があったのだが。残念。一日はそれでお仕舞い。

別の日に再び店を訪れた。今度はブレスレットが目当てである。ブレスレットなら男性が付けても違和感が無いと閃いたのである。

私の右手首にはシルバーのブレスレットが付いていたが（リワークの時もしていた）、そのブレスレットの装着部分が摩耗してすぐ落ちるようになってしまった。その代わりを或る店で見つけたのである。色はゴールドとシルバーの二色。店の女性スタッフはゴールドが似合うと言ってくれたが、「シルバーも試されますか?」と言い、私はシルバーを選んだ。「きんきらきんはどうもね」私がシルバーにした決め手は其処《そこ》にある。

どのようなブレスレットか?　今度病院に診察に行く時にしておきますので、興味があったら私の右手首を御覧下さい。

現在の職場では、手元のお洒落は大切である。本を渡す際に利用者は私の手元を必ず見るからである。そんなことに気を遣う必要も無いと言う向きもあるが、どうしてどうしてお洒落は誰の為にするものなのか、永遠の課題ですね。

女性は誰の為にお洒落をしますか?　相手の為（不特定多数・特定何《いず》れも）だけではないはずです。御自分の為にもしてはいませんか。

ミーティングで話題に出せば良かったのに、と思う今日この頃です。

練馬春日町の夜　九月二十五日（月）

九月十九日火曜日、私は先輩と待ち合わせをした。場所はＪＲ東中野駅西口改札で、時刻は午後六時十五分。だが、ＪＲ新宿駅の工事に伴いホーム北側階段が狭くなり、コンコースも帰宅ラッシュで混雑し、中央線各駅停車を一台乗り損ねてしまい、またしても遅刻をしてしまった（これで三回目だ）。「遅刻の常習犯になってしまいました」とお詫びしたら、先輩は全然気にしていないようだった。

この日、私は先輩を我々の「定例会」（日々雑感1「定例会」）に招待したのである。私は以前に三度、女性を「定例会」に招待したことがある。一度目は時間講師の同僚を、二度目は新期採用二年目の同僚で、三度目も新採二年目の同僚達である。何《いず》れも同じ職場に勤務していた頃のことである。

今回は練馬とは全く関係のない先輩を「定例会」に誘ったのには、以下の経緯《いきさつ》があった。前回、先輩との呑み会（二人だけ）で、沖縄に行ったことがあるかを訊いたのである（私は行ったことが無い）。先輩も無いとのことで、それでは沖縄料理を食べたことがあるかと訪ねたら、あると言う。ゴーヤ・チャンプルーやウミブドウ、ソーキソバ等定番の料理だったらしい。そこで「本格的な沖縄料理を食べてみませんか？」と誘ったら、興味を示してくれたので「その時、お相手をするのは私だけがいいか、それとも男共に囲まれてもいいか？」と訪ねた。先輩はそれが私が話した練馬の仲間達との呑み会であることに気が付き、どうせならみんなとがいいと答えてくれた。

九月十二日火曜日の「定例会」で、次回（九月十九日）は沖縄料理の店と決まった時に、先輩にショート・メールを送り諒解を取り付けていたのである。そしてその店に電話していつものメンバーだがいつもの席を予約した。更に日本酒は置いてあるかと尋ねたら、無いが〝持ち込み〟可能だと答えてくれた。私は予め《あらかじ》日本酒（茨城県産）７２０ミリリットル瓶を購入し、自宅にある幾つかの猪口《ちょこ》を用意した。先輩が日本酒党だからである。店への簡単なお土産も揃えた。

先輩と連れだって、都営大江戸線東中野駅から練馬春日町駅まで約十五分。車内は混み合っていて、私が「定例会」のメンバーのプロフィールを書いたメモを手渡せたのはもうすぐ練馬春日町駅に到着する時だった。メモには、名（姓のみ）・教科・部活顧問・出身大学・現役か退職したかが記されていた。先輩は「名前を覚えるのが苦手だから助かります」と言ってくれたが、これは言葉通りではないはずである。

店にはメンバーの内二名が先着しており、「私の最初の勤務地で一年先輩の○○さん」と紹介し、メンバーは名前（姓のみ）だけを紹介した。私は店の人に日本酒を入れた紙袋を示したら、取り出さなくて良い（テーブルで勝手に注いで良い）と頷いたので、持参したお土産を手渡した。メニューを見ていた先輩が「オリオン・ビールって？」と訊いたので、「沖縄のビールです」と答えた。生ビールは大ジョッキ（我々はいつもこれ）と小ジョッキがあり、先輩には小ジョッキがいいのではないかと思っていたら、「同じで結構です」と大ジョッキを注文した。その後、メンバーが一人二人と集まって来て、その都度《つど》紹介が繰り返された。尤《もっと》も、先輩が「『先輩』は歳が分かってしまうから、止めて」と頼んだので、ただの「○○さん」になっていた。

その日の料理の注文は何時《いつ》になく多種多彩に亘《わた》り、先輩も十分満足していたようである。ビールのあとは泡盛（沖縄の焼酎）で、先輩はロックを注文した（我々は一升瓶をボトル・キープしており、自分達で作る）。私は日本酒を取り出すことなく、何時ものように泡盛をロックで飲んだ。

八時三十分頃会計を頼み、男性三千円、先輩は二千八十円（ゲスト価格）で支払いを終えた。

大江戸線の中でメンバーは練馬駅で降りた。二次会（日々雑感「カラオケ」）に行く為である。私と先輩は東中野駅まで戻り、ＪＲ中央線各駅停車で中野駅に行き、そこで別れた。私は四ツ谷方面、先輩は東小金井方面である。

私信ですが、翌日の先輩からのショート・メールを紹介します。「昨日はお誘いありがとうございました。美味しい沖縄料理でした。お仲間の皆さんによろしくお伝え下さい」。

父の入院　十月二日（月）

九月二十九日金曜日午後三時五十四分、私の携帯に兄からのショート・メールが届いた。「〇〇病院より『父倒れ怪我、命に別状なし、入院必要。緊急外来に来てくれ』早退し病院に向かっている」というものだった。「緊急」ではなく「救急」の間違いだが。

私は同僚に事情を説明し、「了解しました。これから向かいます」と返信し、メトロ有楽町線江戸川橋駅に急いだ。其処《そこ》から何時ものように飯田橋駅に戻り、ＪＲ中央線各駅停車に乗り換え信濃町駅に着いた。病院は駅の真ん前にある。

救急外来の入り口から処置室に向かった。係の人に「林の家族です」と告げると、担当の者が説明するので暫く待って下さいと言われた。その間、受付で入院手続きをしておいて下さいと言われた。父の保険証が無いが、私の印鑑で書類をしたためていたら兄が到着した。兄の印鑑を父の名前の箇所に押して貰い書式は整った。

その後、担当医の説明があった。それによると、父は月に一回□□病院（ＪＲ新大久保駅徒歩十分）に診察に行っていたが、その帰りに自宅付近のコンビニエンスストアで買い物をして、自宅目前の四つ角で転倒したと言う。それを目撃した近所の方が１１９番通報して、救急班が救急車で○○病院に搬送したとの事である。□□病院では緊急対応出来ないので、○○病院になったらしい。従って持ち物の中に保険証はあった。

転倒した時、頭を打っていて頭蓋内に出血が見られるとのことで（実際にモニターで見せてくれた）、一週間から十日の入院が必要であるとの診断だった。

父の意識ははっきりしており、一先《ひとま》ず安心したが、高齢の為合併症を併発する危険性もあると言われた。母の時も違う病院だが、同じ事を言われた。

私は○○病院のスタッフの説明や対応の姿勢は、母の病院よりも誠実さを感じた。私は未《いま》だにあの病院を許した訳ではない。

私は一階のコンビニエンスストアで、歯ブラシと歯磨きチューブを購入し、ＨＣＵの病室に置いてから兄と共に病院を辞した。

翌三十日土曜日、私は自転車でバスタオル二枚、トランクス二枚、電気髭剃り、ボディソープ、ティッシュ一箱、ウエットティッシュ、ミネラル・ウォーター二本、父の「お薬手帳」を持参した。

病棟が変わっていて、尿取りパッドが必要であると言われた。母の入院の際は区の「お襁褓《むつ》補助」を受けていたが、自宅にあった大量のお襁褓と尿取りパッドは、母の死後近くの介護施設に総て寄付していたので、コンビニエンスストアで購入した。

この稿を打っている今も、父が何故仰向けになって倒れたのか、不思議である。父の後頭部の傷や両肘の傷は、躓《つまず》いて前に倒れた訳ではないからだ。

どなたに救急車を呼んで頂いたのかも分かっていない。私は連絡があった時、自宅の中で倒れたのかと思っていたのだ。しかし、自宅の中で転倒したら誰も気が付かなかっただろう。

都民の日　十月九日（月）

入院した父の容態は安定しており、意識もはっきりしている（日々雑感「父の入院」）。

先日見舞いに行った際、父の言うには転倒した時に自転車で通りかかった方が119番通報して下さったとのこと、また「後ろに倒れるなんて」と自分で言っていた。どうやら、本当に後ろに倒れたらしい。その原因が知りたいものである。

担当医の話だと、予定通り退院は三連休の何《いず》れかを考えているとのことである。「ご家族の方から何かありますか?」と訊かれたので、モニターの数字を示して「血圧が高いことを本人が気にしているようです」と答えたら、「このお歳なので、血圧や糖尿を気にする必要はないです」とモニターの血圧表示をオフにした。成る程、そういう考え方があったのか、と納得させられた。

さて、本日のテーマである。「都民の日」。

今年の都民の日は日曜日で、東京都民には殆《ほとん》ど何の恩恵もなかった。恩恵がないと言えば、秋分の日が土曜日でこれまた恩恵がなかった。日曜日なら振替休日になっていただろうに。

都民の日は、神奈川県民が多いと思われる病院のスタッフの方々には何の関係もないだろう。そう言えば、「神奈川県民の日」はあるのでしょうか?

都民の日は、十月一日と日にちが決まっている。公立学校(幼・小・中・高)は総て休校で、都立動物園等都立の施設は子供（小学生まで）は無料、区役所等は就業していない。

さて、今年のカレンダーを見ると、火曜日の休みが無いことに気が付く。

月曜日は、一月二日の元日の振り替え休日、一月九日の成人の日、三月二十日の春分の日、七月十七日の海の日、九月十八日の敬老の日、十月九日の体育の日と、六日ある。

水曜日は、五月三日の憲法記念日の一日だけ。

木曜日は、五月四日のみどりの日、十一月二十三日の勤労感謝の日の二日。

金曜日は、五月五日のこどもの日、八月十一日の山の日、十一月三日の文化の日と三日ある。

土曜日は、二月十一日の建国記念の日、四月二十九日の昭和の日、九月二十三日の秋分の日、十二月二十三日の天皇誕生日の四日で、何れも土曜日なので振替休日は無い。

そして火曜日はゼロである。

何故《なぜ》私が火曜日の休みに拘《こだわ》るかと言うと、火曜日が休みの仕事をしている同級生がいるからである。

小学校の同窓会（同期会）があった昨年の十一月十三日日曜日に欠席した、私のクラスの幹事である（日々雑感1「同窓会」）。この同級生は日々雑感にもう一回登場した（日々雑感1「冬物語」)。ショート・メールだけだけど。

と言う訳で、年末・正月も都合が付かず、お盆も駄目(もう少しで調整出来たのに)で、
ならば平日はとなると唯一の候補の曜日が火曜日なのである。

実は来年のカレンダーを見ると、またしても火曜日は祝日が無い。トホホ。

この年末・正月しか会えるチャンスは無さそうである。

またしてもテーマからずれてしまったが、ご容赦のほどを。

ベストスリー　九月十一日(月)

このエッセイを書き始めた頃は、これほど続くとは思ってもみなかった。

中には駄文・雑文も多いが、多少は気の利いた文もあると思っている。

多くなったことの一つに「(笑)」を入れるという遣り方が挙げられる。この「(笑)」は、
あくまでも私の感覚で、決して読者の「笑い」を誘うものでは無い。

もう一つに文末に「ネ」や「ヨ」と言う語句を付け加えることがある。また「ふう」や

「はあ」と言う感嘆詞も遣うことがある。

此等《これら》は勿論、意図的に遣っているのだが、その時（その稿を書いている時とその出来事の時）の私の気分を反映したものである。

何《いず》れにせよ、この「日々雑感」が私の言動や思考を映し出していることに間違いない。

其処《そこ》で記念として、今までの稿からベスト・スリーを選ぼうと思う。まずは時期に分けて、それから三つずつを選ぶことにしたい。

序盤から中盤にかけて、第一位は「取って置きの話」（日々雑感1）、第二位は「取って置きの話、再び」（日々雑感1）、第三位は「同窓会」（日々雑感1）である。

次に、それ以降の中では、第一位は「先輩」、第二位は「続・先輩」、第三位は「練馬春日町の夜」である。但《ただ》し「川中島」（日々雑感1）、「人間の三角形」（日々雑感1）、「続・人間の三角形」（日々雑感1）も捨て難い。

では、全ての稿の中からベスト・スリーを選ぶとするとどうなるだろう。

第一位は「先輩」、第二位は「取って置きの話」（日々雑感1）、第三位は「人間の三角形」（日々雑感1）である。

父の転院　十月十六日（月）

十月十一日水曜日、私は朝から保健センターにいた。「自立支援医療受給者証」の更新手続きの為である。病院で出して貰った診断書を持参し手続きを行った。

そして、私は午前中から○○病院に赴いた。

父の転院の為である。頭蓋内出血と感染症は治まり、歩行のリハビリを行うには、○○病院では専門スタッフがいないので、都内の□□病院に移ることになっていた。「転院」というと、私には嫌な思い出しかないのだが、この日は「大安」、父の容態と母の病気とは異なるので、多少気は楽であった。

私が会計窓口で精算してから、病室に戻ると父の昼食の時間になっていた。私は一階にあるコンビニエンスストアでパンを購入し食べた。昼食を終えた父はパジャマから外出着に着替え靴を履き、私が押す車椅子で一階に降り玄関まで移動した。車椅子は病棟の物ではなく病院玄関脇に用意されている車椅子で、私が一階まで取りに行ったのである。私は自宅から着替えの他に母が生前使っていた杖も持参した。その杖は車椅子の傘入れに差し込み、着替え等の荷物を持って父の乗る車椅子を押した。

病院玄関のスタッフに手を借りて父がタクシーに乗り込み、荷物はトランクに入れ（杖も）、私はタクシーの反対側から後部座席に乗り込んだ。
□□病院の裏口に到着して、私は病院内のスタッフに事情を説明して車椅子を借りて、タクシーに戻った。父は私の介添えでタクシーから車椅子に移った。荷物と杖もトランクから取り出した。
受付で、○○病院からの封筒に入った紹介状と父の病状に関するデータを渡し、入院手続きを行った。父は検査の為、幾つかの部屋に入った。私は廊下のベンチで待機した。

やがてスタッフに呼ばれ、父と共に病室に向かった。

荷物を整理し棚等に収納して、父の様子を確認してから病院を辞した。私は歩いて△△病院に立ち寄り、○○病院からの書類（父の病状に関するデータ）を渡した。受付のスタッフが鋏《はさみ》で封筒を切り、中身を取り出したら、紙の書類の他に一枚のＣＤが入っていた。
○○病院での治療や検査の記録であろう。
父はこの△△病院での診察の帰りに、転倒したのである（日々雑感「父の入院」）。

△△病院の最寄りの駅はＪＲの新大久保駅で、其処《そこ》から中央線各駅停車で新宿駅に行き、中央線快速で四ツ谷駅まで帰った。

自宅に戻った私は、何時《いつ》にない疲労感に襲われた。大したことはやっていないつもりだが、緊張と気疲れでエネルギーを消耗していた。やはり大したことをやっていたのだろう。その日は雨は降らなかったが、もし降っていたら更に消耗していただろう。

父は明日（十月十二日木曜日）からリハビリを行う。私が見舞いに行くのは、十月十四日土曜日になる。

火曜日の休み　十月二十三日（月）

先日、職場の司書室で十一月のカレンダーをぼんやり眺めていたら、十四日火曜日の欄に「休み」と記入されていた。司書教諭に尋ねたところ、十一日土曜日と十二日日曜日が学校の文化祭で、十三日月曜日は全日制生徒はその片付け、翌日の十四日火曜日は振り替えで休校になるということだった。

日々雑感「都民の日」で述べたように、火曜日が休みにならないことをぼやいていたところでこの吉報（！）である。

私は早速件《さっそくくだん》の同級生（日々雑感1「同窓会」、日々雑感1「冬物語」、日々雑感「都民の日」）にショート・メールを送った。「今晩は。ご無沙汰しております。十一月十四日火曜日に休みが取れました。お時間ありますか？　林」。

すると「お疲れ様です。十九時から予定がありますが昼間大丈夫だと思います。明日店で確認しますね。」と言うショート・メールがその日のうちに返って来た。

私は「了解しました。林」と返信してその日を終えた。

さて、火曜日は例の「定例会」（日々雑感1「定例会」、日々雑感「練馬春日町の夜」）なので、私の方も昼間の方が都合が良い。問題は何処で会うかである。同級生の現在の地元か自宅との中間点（新宿になるか？）辺りだろう。同級生の実家は当然ながら、私の家とそれほど離れてはいない。只《ただ》、彼方《あちら》は千代田区、此方《こちら》は新宿区であるが。つまり、私は小学校・中学校と寄留・越境通学していたのである。当時は許されていた事である。前回の遣り取り（日々雑感「都民の日」）で、「四谷でお茶しましょう」（このメッセージは私が出したか、同級生が出したか、御想像下さい・笑）という案も出されていた。

場所と時間が決まれば、私は「秋の勝負服」を着て行くことになるだろう。同級生と会うのは六年振りだからである。その時は、私達のクラスだけの同窓会だった。会場は八重洲富士屋ホテルのバンケット・ルームである。その後、昨年の同窓会（日々雑感1「同窓会」）では、自分の仕事で参加出来ないにも拘《かかわ》らず、私達のクラスのメンバーに通知の葉書を送ってくれた。その御礼を言わなければならない。

この同級生とは中学校の三年生でも同じクラスになった。小学校から何人かは私立受験で抜けたが、殆《ほとん》どが同じ中学校に進んだ。

従って、六年間、七年間同じクラスだった同級生も存在する。だが流石《さすが》に小・中合わせて九年間を同じクラスだった同級生はいない。

合計四年間同じクラスだったことになる。

そう言う訳で「勝負服」の着用に及ぶことになる。

「勝負服」が〝第一印象〟を大切にする働きであるのに加えて、相手への敬意を表するものでもあるからだ。「わざわざ時間を作ってくれた」ことへの無言のメッセージになるだろう。

どんな服装にするか？　それは十一月になったらご報告致します（笑）。

目黒の夜の物語　十月三十日（月）

十月二十八日土曜日午後四時頃、私はＪＲ目黒駅に降り立った。「秋の勝負服」を着込んでいる。

駅ビルの商業施設「アトレ」の総合案内所に行き、例によって美貌の受付嬢にコーヒーショップの場所を尋ねた。四階にあるそのカフェは満員で順番を待つ行列が出来ていた。私は再び案内所に行き、「混んでいたので、この近くにありませんか？」と訊いた。すると案内嬢はタブレットを操作して、地図で二軒の店を示してくれた。

一軒目の店でコーヒーを注文し、持っていた文庫本を読んだ。時間調整していたのである。文庫本はヴィトンのパウチに入れておいた。

この日は年に一度の「〇〇先生を囲む会」で、私が幹事なのである。この「〇〇先生」は私がある区勤務の際の管理職の方で、「七夕の会」の主賓の一人でもある（日々雑感１「七夕の会」）。

会のメンバーはその当時のPTAの役員の方々で、教員だった者は私だけである。幹事は順番に廻って来るので、今回は私の番である。幹事は日取りと会場を決定する。実は昨年はこの会を行っていなかったので、是非多くの方々に参加して貰いたいと思っていた。私は九月の段階で〇〇先生の携帯電話に連絡し、十月の都合の良い日を伺った。すると二十八日土曜日ということになった。私は他の方々の都合もあるだろうが、先生に合わせますからと言っておいた（主賓の都合に合わせるのが筋《すじ》である）。日にちが決まった処で次は会場である。其処《そこ》で私は、東急沿線の方々でも出易《やす》い街として、目黒を選んだ。東急目黒線が通っているのである。先日この目黒駅周辺を探訪し、良さそうな店はないかと探した。条件は、まず駅の近くであること、十人以上の宴会が出来る店、居酒屋チェーン店でないこと、カラオケ・ボックスが付近にあること（二次会はいつもカラオケなのである）。歩くこと三十分ほどで条件に合う店を発見し、私は入店した。丁度昼時で、ランチを注文する客が幾人もいた。私はメニューの中から適当なものを選び注文した。ついでに生ビールも。会計の際に、十月二十八日の仮予約をした。店の奥に座敷があり、案内された私は店員に人数の変更は早くにすると約束した。

当日午前中に一人風邪を引いて欠席との連絡があり、昼に店に電話した。キャンセル料は発生しないとのこと。

と言う訳で、主賓を含め十名の参加者で会を行うこととなった。幹事である私は十一枚の紙片に「○○先生」「壱」「弐」「参」「肆」「伍」「陸」「漆」「捌」「玖」「拾」と筆で書いた物を二セット用意していた。座席の籤《くじ》引き用である（「拾」は使わなかったが）。紙片の右隅に鉛筆で算用数字を書き、紙片の縁《ふち》をそれぞれ別の色鉛筆で塗った。

「○○先生」の札を主賓席の箸の横に置き、「壱」から順番に「玖」まで同様に並べた。但し「肆」は私の席である幹事席（座敷の一番手前）に置いた。籤を引くと言ってもその札は幹事席に表向きに並べ、本来の籤引きとは違うのだが、これも余興の一つである。紙片に書かれた漢数字は「大字」と言って、小切手や手形の金額を誤魔化されないように遣われた物である。

宴は和やかに進行し、来年の幹事も私になった。「次は大井町辺りにしましょうか?」と言っておいた。会は終わり店を出て三名が駅前で別れた。残りは二次会に行く。私はカラオケ・ボックスを当日予約しておいたので、待たされずに済んだ。私は「３６５日の紙飛行機（ＡＫＢ48）」「若い広場（桑田佳祐）」を歌い（久々にマイクを握った）、ラスト・ソングに「昴（谷村新司）」をみんなで歌った。

次回は新年会という話になったが、これも私が幹事になりそうである。

十一月　十一月六日（月）

十一月四日土曜日、私は午前中から家を出て徒歩で新宿駅に向かった。其処《そこ》から小田急の急行で登戸駅に行き、病院を訪れた。診察を終えて会計を済ませ、二階に上がった。リワーク室は閉じられており、調理室は誰もおらず、何時《いつ》ものようにスタッフ・ルームの小窓に辿り着いた。中にいたスタッフに五回分の「日々雑感」を手渡し、薬局に向かった。其処で「朝飲むのを忘れた薬がまだあるので、朝の分だけ数を減らすことは出来ないか？」と尋ねたら、「病院に確認します」と電話で遣り取りがあり、ＯＫということで朝の分だけ少ない薬を貰った。

登戸駅で急行我孫子行きに乗り、代々木上原駅で新宿駅行きの急行に乗り換えた。新宿で昼食を摂り、徒歩で□□病院に向かった。この病院に父が歩行のリハビリの為入院している（日々雑感「父の転院」）。父は午前中にリハビリをしたようで、その時は昼食後の休憩で横になっていた。午後にもリハビリがあるとかで、私は休憩をしっかり取ってくれと言った。私は実際にリハビリ室で父がトレーニングを行う姿を目にしている。かなり体力を消耗するように見えた。しかし現実には体力を付けているのである。

具体的には、単純な歩行を両横にアームバーの設置されたスペースで行い（初めは両手でアームバーを握っての歩行、次に片手だけでの歩行）、次に段差（踏み台のような器具）を設置して其処を踏んで通過する訓練、更に段差を跨《また》いで歩行する訓練という内容であった。

私は成るほど、○○病院では出来ないリハビリだと実感した。特別養護老人介護施設には、このようなリハビリ室が完備してある所もあることを、亡き母の転院先を調べていた時に知った。あれから九ヶ月。今、父は回復に向けて歳にはきつい（と思われる）取り組みを行っている。

さて、十一月十四日火曜日が近付いて来ている。

同級生から「火曜日ですが秋葉原に行く用事ができたので私がそちらの方に行きます。四谷でも麹町でもどこでもいいです」と言うショート・メールを貰った。直《す》ぐに「今日《こんにち》は。了解しました。四ツ谷にしましょう。林」と返信した。私にとっては十一月最大のイベントになる（笑）。

先日、元リワークのメンバーであるK氏から「お久しぶりです。十二月一日に忘年会をやろうと思ってまして、都合はどうでしょうか？　場所はまだ未定です。急で申し訳ありません」と連絡が入った。急でも何でもない。速攻（笑）で承知のメールを送った。十二月一日は金曜日である。問題ない。場所はまた武蔵溝の口になるのではないか？（日々雑感1「武蔵溝の口」）

「問題ない」と書いたが、実は翌日の十二月二日土曜日は私の診察日であった。まあ、深酒はしないので（本当に？）、店が武蔵溝の口だった場合は「明日が診察日なので」と正当な（笑）理由を言って、先に引き揚げることも出来る。

参加メンバーの顔触れが楽しみである。多分、K氏とK氏とM氏とT氏は来るだろう。リワーク時代は個人的な付き合いはしないというルールがあったのが懐かしいです。

父の退院に向けて　十一月十三日（月）

十一月十一日土曜日（一が四つ並ぶ唯一の日！）、私は新宿二丁目のフレンチ（日々雑感1「従姉妹」）で昼食を摂った。今私は月一回のペースでこの店を訪れる。

その後、□□病院に赴いた。勿論自転車（日々雑感1「桜坂のカフェ」）でである。出掛けに病院の相談員（ソーシャル・ワーカー）から着信があり、一時半に面談の約束をした。予定より少し早く着いたので、父の病室の前の廊下のソファに座って待った。父は寝ていたので起こさなかった。

相談員が見えて、父の回復状況を訊いた。年齢の割に順調との事で、月末には退院が出来るらしい。その退院後の措置の選択肢を検討したのである。高齢者総合相談センターで、ケア・マネージャーを決める事がまず最初にやる点だった。区役所の介護保険課認定係から、父の介護度の通知が届いていた。その保険証を相談員に見せて、希望出来る措置を話し合った。例えば、訪問介護のサービスを受けるとか緊急用の携帯ベルを持たせるとかである。また父が月一回通院していた△△病院への診察は、私も同行するようにしたいと言った。

更に他日、保健センターに出向き、病院でケア・マネージャーを決めるように言われたと「高齢者総合相談センター」のカウンターで相談した。

担当者が「ハートページ」というパンフレットを捲《めく》り、自宅に近い「居宅介護支援事業所」を紹介してくれた。

私はその足で、紹介された高齢者在宅サービスセンターに赴いた。其処《そこ》の担当者と話をして、ケア・マネージャーが男性が良いか女性が良いかを決めて欲しいと言われた。その日に病院に行ったが、父は眠っており起こさずにしておいた。翌日に希望を訊けば済むことなので。

そして、そろそろ父の病室にある私物を持ち帰らなければと思った。○○病院から□□病院に転院する際も、結構あった私物が更に増えているように思えたのである。今後二週間のうちに、持ち帰っても構わない物は、少しずつでも持ち帰ろうと思う。

同級生　十一月二十日（月）

前回の回答は、都営地下鉄の回数券です。練馬駅から都庁前駅までの物です。

さて、今回のテーマです。

ついに、再会を果たしました！　日々雑感「十一月」の同級生とです。

十一月十四日火曜日は、運命の日（？）でした。

私はＪＲ四ツ谷駅の改札口前に居ました。すると私の携帯にショート・メールが届きました。「今、永田町です。これから南北線に乗ります」。私は「南北線改札で待ちます」と返信し、其方《そちら》に移動しました。そして何回かの連絡の遣り取りの後に、漸《よう》く《や》同級生と六年振りの再会を果たしました。

今回の「秋の勝負服」は、オーダーメイドのスリーピース（リワークにも着て行きました）に、フェラガモのネクタイ、ダンヒルのカフスボタン、グッチの革靴に、ヴィトンのパウチを持ってでした。

六年の歳月を、同級生は上手に積み重ねていました。私の方は相手の目にどう映ったでしょうか？

早速、「四谷アトレ」の二階のカフェ・レストランに腰を落ち着けました。同級生はこの店は初めてのようでした。それぞれパスタを選び、同級生はグレープフルーツ・ジュース、私はアイス・コーヒーを注文しました。本当はビールを飲みたかったのですが（笑）。

私がドリンク・メニューを手離さなかったので、同級生が「どうしたの？」と訊きました。

理由を言うと「いいよ」と言ってくれましたが、ここは我慢をしました（エライ？）。

私は「この『アトレ』は数ある『アトレ』の中でも最も古い『アトレ』だよ」と説明しました。そう言えば「四谷アトレ」には総合案内所が無く、従って美貌の受付嬢もいないのですが、その事は黙っていました（笑）。

話はまず去年の同窓会（日々雑感1「同窓会」）から始まり（彼女は仕事で参加していない）、共通の同級生（日々雑感1「冬物語」）の消息、そしてクラスの幹事としての悩みと続き、亡くなった担任の先生の菩提寺に関しても情報交換しました。二時間はたっぷり会話したと思います。当然、私の前職の出来事（主に部活動の顧問の経験に関する話題）も話しました。

「そろそろ」と同級生が言ったので、二人で席を立ちました。会計は同級生がトイレに行っている間に済ませていました、彼女が千円札を二枚取り出したので、一枚受け取り「電車賃代わりだよ」と言いました。

一階で別れ際に「荷物になるけど」とお土産を手渡しました。「ありがとう」と同級生は言って、エスカレーターで地階へ降りて行きました。其処からJR四ツ谷駅に繋がっているのです。

その日の夕方、私は同級生の携帯に「今晩は。今日は貴重なおやすみの日に、わざわざありがとうございました。さて、林孝志のコミュニケーション能力の評価はA、B、Cのどれでしょう。林」とショート・メールを送りました。

すると「顧問の話おもしろかった。おまけのA。評価つけるところが先生っぽいね。ゴディバありがとう。ご馳走様でした。名簿みつけた？」と言う返信がありました。

「名簿」というのは、同級生達の現在の住所を記した物で、私達のクラスのみの名簿のことです。

さて、私はその「名簿」を探し当てることが出来たでしょうか？

答え（私が同級生に返信したショート・メール）は次回に譲ります（笑）。

冬仕度　十一月二十七日（月）

前回（日々雑感「同級生」）の問いの答えは、「今日は。お仕事お疲れ様です。昨日は楽しかったです。さて名簿は見つけました！　林の書類整理能力の自己評価はA◯。但し九十一年の物でした。林」というショート・メールを、翌日に同級生に送ったことでお分かりであろう。

尚、ゴディバはチョコレートではなくクッキーを差し上げた。まあ、チョコレートだと溶けるかも知れず、店は保冷剤を付けてくれるが、却《かえ》って重くなるかも知れないと思ったからである。

さて、果たすべき事を果たし、するべき用事を済ませるべく、十一月十八日土曜日はまず父の病院へ赴いた。病院の相談員に、自宅近くの高齢者在宅サービスセンター（日々雑感「父の退院に向けて」）の担当者の名刺を見せた。相談員は氏名と所在地と電話番号を書類に記入していた。次の週に連絡し、ケア・マネージャーが病院に来る予定になった。

父の病室で不要の衣類をまとめ、洗濯物と共に自宅に持ち帰った。父の退院までに父のジャケットとコートを病院に持って行きたい。ひょっとするとマフラーも必要か。

ここ数日、朝晩は冷え込んで来ている。病院から戻った私は自宅のエアコンを点けられるようにしておいた（まだ、点けてはいない）。病院に行く前に、一階のリビングと父の部屋、二階の私の部屋のエアコンのフィルターを掃除機で掃除しておいたのである。

私はこれまで着ていたハーフ・トレンチコートをダウンコートに代えた。このコートはブルックスブラザースの茶色の一品で、数年前に購入した際に本当は紺が欲しかったのだが、生憎《あいにく》紺は品切れだったのである。またマフラーをクロゼットから取り出した。既に手袋（革製）は着用している。

あとは？

何件かの電話をする事である。

一件は「○○先生を囲む会」（日々雑感1「七夕の会」、日々雑感「目黒の夜の物語」）の新年会についてである。新年の予定が決まればショート・メールで他の皆さんに連絡出来る。

もう一件は、少々微妙な案件である。これについては何《いず》れ述べる機会もあると思う。

更に、例の「先輩」（日々雑感「先輩」、日々雑感「続・先輩」、日々雑感「四谷の夜の物語」、日々雑感「練馬春日町の夜」）と連絡を取る事である。年内に会えると良いのだが。

連絡するのは他にもある。「同級生」（日々雑感1「同窓会」、日々雑感1「冬物語」、日々雑感「十一月」、日々雑感「同級生」）にである。新年に会いたいものである。

と言う訳で、私は携帯を身近に置いている。職場にいる時も身に付けている（だから「携帯」なんだけど）。

父の退院　十二月四日（月）

十一月二十九日水曜日、私は午前中から□□病院に居た。

父の入院費を精算し、前回の〇〇病院からこの病院に転院した段取りと同様（日々雑感「父の転院」）に、荷物をまとめた。父は冬用の外出着に着替えており、今回は車椅子は使わず、杖と私の介添えのみでエレベーターに乗り込んだ。

エレベーターを降りて外に出てタクシーを止め、父を後部シートに乗り込ませてから、トランクを開けて貰い荷物を入れた。杖は父が持っている。私も後部シートに乗り込んだ。車は職安通り（新宿区大久保ハローワークがある）から外苑西通り（環状4号線とも言う）を進み、靖国通りを津の守坂まで行き坂を登って三栄通りを左に折れた。二つ目の角を左折し最初の三叉路《さんさろ》を右折し、我が家の前に停車した。

私はまず支払いし、降りてからトランクの荷物を取り出し、運転手にすぐ前の四つ角を右折すれば先程の一方通行の道（三栄通り）に出られる、と言った。その四つ角は父が転

郵 便 は が き

料金受取人払郵便

新宿局承認

2524

差出有効期間
2025年3月
31日まで

（切手不要）

1 6 0-8 7 9 1

141

東京都新宿区新宿1－10－1

(株)文芸社

愛読者カード係 行

お名前《ふりがな》			明治 大正 昭和 平成	年生 歳
ご住所《ふりがな》	□□□-□□□□			性別 男・女
お電話番号	（書籍ご注文の際に必要です）	ご職業		
E-mail				
ご購読雑誌（複数可）		ご購読新聞		新聞

最近読んでおもしろかった本や今後、とりあげてほしいテーマをお教えください。

ご自分の研究成果や経験、お考え等を出版してみたいというお気持ちはありますか。

ある　ない　内容・テーマ（　　　　　　　　　　）

現在完成した作品をお持ちですか。

ある　ない　ジャンル・原稿量（　　　　　　　　　　）

書　名			
お買上 書　店	都道 府県　　　　市区 郡	書店名	書店
		ご購入日	年　　月　　日

本書をどこでお知りになりましたか?

1.書店店頭　2.知人にすすめられて　3.インターネット(サイト名　　　　　　)

4.DMハガキ　5.広告、記事を見て(新聞、雑誌名　　　　　　)

上の質問に関連して、ご購入の決め手となったのは?

1.タイトル　2.著者　3.内容　4.カバーデザイン　5.帯

その他ご自由にお書きください。

(　　　　　　　　　　　　　　　　　　　　)

本書についてのご意見、ご感想をお聞かせください。

①内容について

②カバー、タイトル、帯について

弊社Webサイトからもご意見、ご感想をお寄せいただけます。

ご協力ありがとうございました。

※お寄せいただいたご意見、ご感想は新聞広告等で匿名にて使わせていただくことがあります。

※お客様の個人情報は、小社からの連絡のみに使用します。社外に提供することは一切ありません。

■書籍のご注文は、お近くの書店または、ブックサービス(0120-29-9625)、セブンネットショッピング(http://7net.omni7.jp/)にお申し込み下さい。

倒したあの四つ角である（日々雑感「父の入院」）。

二重の鍵を開け、玄関に入った。父をまずリビングに連れて入り、何時《いつ》もの座椅子に座らせた。タクシーの乗り降りで、結構エネルギーを使っているはずである。私は日本茶を入れ父の湯飲みに注ぎ、テーブルに出した。私の分も入れた。

午後二時に在宅サービスセンターの担当者と訪問介護師二名が訪れ、担当者がケア・マネージャーとして業務を行うと挨拶した。当然父の状態を観察し、今後のケアの方針を立てる目的がある。訪問看護師は、今後週一回水曜日の午前中に訪問介護をするとの予定を話した。水曜日は私が勤務の無い日なので、そのように希望したのである。沢山《たくさん》の書類に署名し、捺印した。父はその間座っていたが、疲れただろう。

このような取り決めをする前後に、私はその他の用事も幾つか果たしている。

まず、十二月一日金曜日の忘年会の件である（日々雑感「十一月」）。場所は案の定武蔵溝の口である（笑）。

次に、十二月十五日金曜日、吉祥寺で忘年会がある。どのメンバーだか分かりますね？

更に、来年一月十三日土曜日、大井町で新年会がある。どのメンバーだか分かりますか？

この新年会を横浜中華街でと言う案が出たが、私が「暖かくなった十月にしましょう」と決めた。寒い時期に中華街を歩きたくなかったからである。

あとは一、二件連絡をする所がある。

従姉妹（母方）と従姉妹（父方）である。

父の入院は親戚の誰にも連絡していない。心配させたくないのと、父を煩わせたくないのと、もう退院だからである。しかし、自宅にお見舞いして貰うことは重要である。リハビリの一環にコミュニケーションと記憶力があると思うからである。

母方の従姉妹はこの日々雑感に度々登場する彼女である（日々雑感1「留守番電話」、日々雑感1「従姉妹」、日々雑感1「墓参り」、日々雑感1「祖母の二十三回忌法要」、日々雑感1「母の通夜、告別式」、日々雑感1「母の七七忌法要」）。父方の従姉妹は母の葬儀・法要に来てくれた彼女である（日々雑感1「母の通夜、告別式」、日々雑感1「母の七七忌法要」）。

別々の日に一人ずつ私が自宅に案内し、父との会話が出来ればなと思っている。

武蔵溝の口、再び　十二月十一日（月）

十二月一日金曜日、私は冬の勝負服を着てJR武蔵溝の口駅改札前に歩を進めた。例の忘年会である。参加者は私を含め十名とのこと。これも幹事役のK氏のお陰である。M氏（どのM氏でしょう?）が遅れたので、三時間飲み放題コースが少し遅れた。その分私の帰りが遅くなるのだが、それは言わないでおいた（エライ?）。

このコース、通常は四千円なのだが、今はサービス価格でお一人様三千円だそうである。その事を聞いて、料理には期待しないでおいた。案の定、居酒屋チェーン店のメニューだった。しかも、料理の出る間隔が長い。みんな「飢えて」いました（笑）。

さて、メンバーはI氏、H氏、K氏、K氏、K氏、M氏、M氏、O氏（びっくりしました。長野からわざわざ出て来たらしい）、O氏（前回ドタキャンした人物）、そして私である。人数は合っているかな?

乾杯の後の歓談で、スタッフのことで三十分は盛り上がりました（私は盛り上げていないからね・笑)。或る人物が「入籍」とか別の人物が「結婚指輪」とか、勝手なことを言っていました。これは〝チクリ〟ではなく〝報告〟です。兎に角、私より遙かに情報量が多い人達でした。

宴の途中に、H氏(遅れて来店したので、私からは一番離れた席にいた)が、「林さんとお話ししたい」と、私の隣の席にやって来た。やはり私には人を引きつける何かがあるのでしょう(笑)。私はミーティングの一番刺激的だった話題を紹介した。例の「異性と上手に付き合うには」である。H氏は木曜のミーティングには参加していなかったから、興味深げに聞いてくれた。私はその様子を、パソコンでエッセイにして、スタッフに提出し、スタッフ・ルームの中でも話題になったらしいと言った。事実或るスタッフから、「その場の様子がよく分かる文章」だったと、(外交辞令でない)言葉を貰っている。

さて、宴も酣《たけなわ》となって、あと二品という所で、私は席を立った。「明日が診察日なので」と。すると、K氏とM氏が「自分も明日が診察日だ」と言った。

翌日、病院でそのM氏と会った。私は溝の口以外に適当な場所はないのかと尋ねると、「あとは登戸かな」と言う返事。メンバーはおおよそ南武線沿線か小田急線沿線に在住しているらしい。ほら、個人的な事は話さない約束だったから。次回は新年会を企画するらしいので、その際に私が簡単な鉄道路線図を手書きして、持参する。その地図に在住地を書き込んで貰い、その地点を結ぶ円の中心地を求めて、会場を決定したいと言った。勿論、個人情報は厳重に管理されます。

其処へスタッフが登場し、私はやっとおめでとうございます、と言うことが出来た。

左手の薬指の「きらりと光る」指輪は、結婚指輪ですかと尋ねたら、そうだと言う。婚約指輪は貰っていないとのこと。私が「何てことだ」とからかったら、「愛があれば充分です」と見事にのろけられてしまった。

この事は、新年会で〝報告〟します（笑）。

従姉妹、再び。そして、銀座　十二月十八日（月）

十二月六日水曜日、訪問看護が終わってから、私は近所の和菓子店（老舗である）に行き、菓子を買い自宅に戻った。

次に、ＪＲ四ツ谷駅に行き「アトレ四谷」の〝ゴディバ〟で焼き菓子の詰め合わせを買った（最近、ゴディバではこれを購入することが多い）。手提げ袋を持って、駅の改札前に行った。其処にもう従姉妹は待っていた。約束の時刻より、数分早い。

今日は、従姉妹が父を見舞う形で我が家を訪れる日であった（日々雑感「父の退院」）。まず、「アトレ」の二階に行きカフェ・レストランに案内した。先日、同級生とパスタを食べた店である（日々雑感「同級生」）。其処で私は前回とは別のパスタを選び、従姉妹はリゾットを注文した。飲み物は、従姉妹がピーチ・ジュースで私は相変わらずのアイス・コーヒーである。

これまでの経緯《いきさつ》を従姉妹に説明して、食事を終えて自宅に案内した。父は昼寝から起きていた。従姉妹がお土産のカステラを差し出した。「気を遣わなくていいのに。金を遣わしてしまったね」と私は言った。お茶を注ぎ、お茶請けに老舗の和菓子を添えて出した。

暫く、昔話（?）をして、従姉妹は仏間の母の位牌に手を合わせ、隣の神棚を見て、「ああ、ちゃんと上に『上』と書いた紙が貼ってありますね」と言った。鋭い。たとえ一階でも神棚の上は「天上」なのである。その紙に「上」と筆で書いたのは、実は私である。従姉妹はそれを聞いて、「綺麗な字ですね」と言ってくれた。やはり、私は字が上手らしい（笑）。

従姉妹を四ツ谷駅に見送りに行き、改札前で〝ゴディバ〟のお土産を手渡した。

そして十二月八日金曜日、私は銀座にいた。鉄板焼きの名店で食事をし、生ビールを一杯、カシス・オレンジを二杯飲んだ。

それから西五番街通りを歩き、一件のビルのエレベーターに乗り込んだ。三階の何も表示のしていないドアを開けた。所謂「高級クラブ」である。

既に二組の客（おそらく常連）がおり、私は奥のボックス・シートに収まった。顔見知りのホステスが水割りでいいかと訊いたので、頷くとグラスを出した。確か、以前来店した際にボトルに少々スコッチが残っていたはずだが。しかし、こういう店では細かいことは言わない方が良いと、私は経験上承知していた。

間もなく新しいボトルを入れ、私の名の付いたキープ・リングが掛けられた。

暫くして、前々回この店がまだ別のビルで営業していた時に、私を接客したホステスが隣に座った。実は今日、彼女と会うのが目的で来店したのである。下心がある？　或る意味ではそうですね。確かに美貌の持ち主で、スタイルも抜群である。しかし、私をこの店に引き寄せたのは、彼女のコミュニケーション能力の高さである（日々雑感1「銀座の夜の物語」）。正《まさ》に「聞き上手」である。良く「話し上手は、聞き上手」と言われるが、実は

「聞き上手は、話し上手」なのである、と私は考えている。このような仕事は、話せなければ勤まらないのではないだろうか。

別の従姉妹。そして銀座、再び　十二月二十五日（月）

十二月十日日曜日午前、私は老舗の和菓子屋（日々雑感「従姉妹、再び。そして、銀座」）に立ち寄った。お茶請けの和菓子を購入して一旦自宅に帰り、私はＪＲ四ツ谷駅に赴き、「アトレ四谷」の〝ゴディバ〟で例の詰め合わせを買った（日々雑感「冬支度」、日々雑感「従姉妹、再び。そして、銀座」）。そして昼前にＪＲ四ツ谷駅改札前にいた。

父方の従姉妹を迎える為である。前日に、従姉妹の携帯にショート・メールを送り、父の入退院の事を知らせていたのである。従姉妹は直ぐに自宅の固定電話に電話をくれた。其処《そこ》で、日曜日に約束をしたのである。

中央線快速電車のホームから階段を上って来た、従姉妹の姿は直ぐに分かった。私より年上の従姉妹である。

従姉妹を私は自宅に連れて来る途中で、此《これ》までの経緯《いきさつ》を、説明した。自宅付近の四つ角に来た時、此処で父が転倒したと語った。前回の母方の従姉妹の時も、同じ所で同じ説明をした（日々雑感「従姉妹、再び。そして、銀座」）。自宅に戻り、父と会わせた。従姉妹はお土産を持って来てくれた。

父と従姉妹は、血が繋がっているので共通の話題が多少あった。ただし、長居は無用なので一時間もしないうちに、従姉妹は仏間に線香を点け、鐘を鳴らし合掌した。

私は従姉妹を四ツ谷駅に送りに行った。別れ際に〝ゴディバ〟の焼き菓子を渡した。前回の母方の従姉妹と同じようにである（日々雑感「従姉妹、再び。そして銀座」）。

十二月十四日木曜日、私は銀座にいた。

例の〝彼女〟（日々雑感「従姉妹、再び。そして、銀座」）と待ち合わせするためである。

前回利用した鉄板焼きの名店を予約（今回は二名様）しておいた。エレベーターを降りる際は私が「開」のボタンを押して、彼女を先に降ろした。入店し、女性スタッフに名前を告げて、「今日はお客を連れて来たよ」と言ったら、スタッフは笑顔で「ありがとうございます」と応《こた》えた。

カウンターの席がリザーブされており、私は奥の方の椅子を彼女に勧めた。私は手前の席である。

生ビールで乾杯し、アスパラガス、蓮根、出汁巻き玉子、フィレ・ステーキを注文した。私はあとカシス・オレンジを二杯注文し、彼女は白ワイン（イタリア産）をオーダーした。カウンターの中のスタッフも、私の顔を覚えていて、「何時もありがとうございます」と挨拶した。最後に蜆《しじみ》汁が出た。何時《いつ》もそうである。

八時頃会計し（彼女がトイレに行っている間）、二人で西銀座五番街通りのビルに赴いた。私は常に歩道の車道側を歩いた。

「高級クラブ」で二時間弱、楽しい時間を過ごして帰途に就いた。彼女はビルの通り沿いまで見送ってくれた。此は、「銀座の仕来《しきた》り」である。

彼女からのショート・メールは次回に譲ります。

昨年を振り返る　二〇一八年一月一日（月）

喪中につき新年の御挨拶を御遠慮致します。

さて昨年十二月十四日木曜日、銀座の一件の翌日、私は例の〝彼女〟からショート・メールを受け取った。「おはようございます。昨日は、美味しいお食事と、素敵なプレゼントありがとうございました。◯」と「しばらくはお会いできなくなりましたが、また日本に戻ってきたら、ご連絡させて頂きます。プレゼント大事にします」と二通続けてであった。

十二月八日金曜日に、店で会った際に（日々雑感「従姉妹、再び。そして、銀座」）事情があって店を辞めると聞いていたのである。そこで、私は十四日木曜日に来店することを約束し、夕食は何時《いつ》摂るのかを尋ねたら、店の始まる前だと言う。そこで〝ビフォア〟で食事をしないかと誘ったら、快諾してくれた。大抵は〝アフター〟のケースが多いようだが、私は早く帰宅したいので閉店後の〝同伴〟はやらない。

私は新宿高島屋の「スワロフスキー」で、小さなポインセチアのクリスタル・ステーショナリーと鏡（鏡の上にステーショナリーを置くと光が反射して、より綺麗に見える）をプレゼント用に購入した。更に「アトレ四谷」の「ゴディバ」で、焼き菓子の詰め合わせを買い（此《これ》で何度目だろう？・）、銀座八丁目の鉄板焼きの店の入っているビルのエントランスで〝彼女〟と待ち合わせをした。〝彼女〟は時間通りにやって来た。それが、前回の日々雑感「別の従姉妹。そして銀座、再び」の後半部である。

つまりたった二人の送別会である。食事の前にゴディバを渡し、〝彼女〟の店に行ってから（「高級クラブ」だヨ）、「少し早いクリスマス・プレゼントだよ」と断ってから「スワロフスキー」を手渡した。

そう言う訳で、〝彼女〟は暫く日本にいない。残念。

続いて十二月二十日水曜日、私は東京駅7番線ホームで、母方の従姉妹と待ち合わせをした。自宅近所の和菓子屋（日々雑感「従姉妹、再び。そして、銀座」、日々雑感「別の従姉妹。そして銀座、再び」）の詰め合わせを提げている。

その日は、従姉妹の両親（私からすると叔母と叔父）に面会するためである。

二人は茨城（常磐線特別快速で東京から一時間弱）の養護老人ホームにおり、叔父は足を痛めて車椅子の生活である（他人事ではない）。叔母は、母の法要の際には車椅子で来てくれたが、日常生活は杖も突いていない。

お土産を渡し、四人で昼食を摂り、私だけ早めに失礼した。従姉妹は駅まで送ってくれた。彼女はもう一度両親の元に戻り、五時三十分（施設の決められた面会時間）まで一緒にいると言う。私は夕方四時に父の主治医の診察に間に合わせたく、また水曜日なので、朝の九時三十分の訪問介護に立ち会う為、ぎりぎりの時間の遣り繰りをしていた。

訪問看護は、主に血圧と脈拍や心音の聴聞、食欲の有無と睡眠と排便の状態を聞き取り、薬の管理状態を確認する。特に、薬は父が一人で管理しているので、数を数えている。当日が主治医と退院後初めての診察になるので、その際処方箋を貰い、近所の薬局でこれからの薬を購入する事になる。主治医の診察は、私が電話で予約しておいた（水曜日になるように）。来週は△△病院に予約を入れてある。訪問看護が終わったら、直《す》ぐにタクシーで出掛ければ、時間に間に合う。

私にとって水曜日が如何に貴重な日か、これでお分かりになるであろうか？

昨年の年末を振り返る・その二　一月八日（月）

昨年十二月二十七日水曜日、何時《いつ》ものように訪問看護を受けた。その後、父と共にタクシーに乗って△△病院に赴いた。新宿通り（国道20号線）を直ぐ左折して、一方通行の通りを津の守坂に抜け、靖国通りを西に向かい、外苑西通りを大久保通りに折れて病院まで二十分懸かった。父は杖を突き、保険証（後期高齢者医療被保険者証と介護保険被保険者証と介護保険負担割合証）と診察券、□□病院から渡された封筒（父の治療経過の書類が入っている）二通（脳外科と担当医宛て）を持っている。私は主治医（自宅近く）の診察の際と同じく（日々雑感「昨年を振り返る」）待合室にいた。△△病院の場合は待合スペースのベンチに座って待った。

帰りは行きとほぼ同じコースを逆に辿って、自宅に戻った。

自宅で一休みした私は銀行に行った。銀行が統廃合して古くなった通帳の更新をする為である。先日、父の口座で同じ手続きをしたのだが、兎に角待たされた。はっきり言ってビックバンは其方《そちら》の都合で、此方《こちら》の都合では無い。にも拘らず利用者である我々（客ではないか！）の時間を奪うのは、どういうことであろうか？

同じような思いをしている人は、きっと沢山いるはずだ。知らない間に所謂《いわゆる》「眠り口座」になっている通帳を持っている（引き出しの中に「眠って」いる）人がいるだろう。

大井町の夜の物語　一月十五日（月）

一月十三日土曜日午前中、私は病院に居た。

診察を終えて会計を済ませ、何時《いつ》ものように階段を上って二階に行った。リワーク室は閉じられており、食堂では数人の方々（デイケアのメンバーとスタッフだろう）が食事をされていた。スタッフ・ルームの窓はカーテンが閉じられており、私は先に薬局に行くことにした。薬局で薬を貰い、再び病院の二階に上がった。

すると廊下をスタッフが歩いて来るではないか。ラッキー。六週分の「日々雑感」をお渡しした。私は少し風邪気味だったので（治りかけてまたぶり返したようで）、余り長くお話が出来なかった。残念。

何時ものように新宿で昼食を摂り、京王デパートの地下の花屋で御祝い用の花束を購入した。そして自宅に戻って冬の勝負服（オーダーメイドのスリー・ピースにフェラガモのネクタイ、ダンヒルのタイピン、グッチの革靴）に着替え、ヴィトンのパウチと「鳩居堂」（銀座にある老舗《しにせ》の文具店、知る人ぞ知る名店）の品と花束を持って、ＪＲ京浜東北線の大井町駅に向かった。

その日は例の新年会である（日々雑感「冬仕度」、日々雑感「父の退院」）。まず、駅近くのカラオケ・ボックスに行き、七時からの予約を入れた。二次会用である。そして「アトレ大井町」の六階の店に入った。テーブルは用意されており、私はまたもや紙片を二組用意した。座席の籤《くじ》引き用の物である。今回は「〇〇先生」「伊」「呂」「波」「仁」「保」「部」「止」「知」「利」と「いろはバージョン」である。尚、「部」は「へ」と読む（漢字の旁《つくり》の部分を簡略化した）。私は幹事席で、店の出入り口に近い席に着いた。

全員が集合したところで、主賓の「〇〇先生」の挨拶の後、献杯《けんぱい》をした（昨年にメンバーの一人が亡くなっているので）。

会食が始まって直ぐに、会の前日が先生の誕生日であることを紹介し、私が用意した花束を女性メンバーから先生に贈呈した。更に私が「本来の贈り物が花束より安いのですが」と断って、「鳩居堂」の品をお渡しした。先生は何が入っているのかを察しておられたようで（当然、「鳩居堂」は御存じである）、包装紙を開けると、私が選んだ「折り紙」が何種類か入っていた。先生が最近「折り紙」に凝っておられることを、私は知っていたのである。歳を取っても手先の訓練として、毛筆による書や折り紙が有効ということだった。

五時からの宴会がお開きとなって、一人が帰宅し、残り九名で二次会に行くことになった。カラオケ・ボックスは私が予約していたので、待たされずに済んだ。前回もそうだが（日々雑感「目黒の夜の物語」）、こういう所が幹事の「腕の見せ所」なのである。

私は「３６５日の紙飛行機（ＡＫＢ48）」と「夢の途中（来生たかお）」を歌った。途中で一人が退席し、二次会は二時間でお仕舞いとなった。全員ＪＲのホームに降り、東京方面の電車に一人が乗った。私は敢えて残り、七名が蒲田方面の電車に乗るのを見送った。幹事の務めである。エライでしょ。私は一人で東京方面の電車が来るのを待ち、帰宅は十一時近くになった。

風邪気味にも拘らず、一つイベントを終了させることが出来た。次回は十月に横浜は中華街で行う予定である（笑）。

火曜日の勤務地の変更　一月二十二日（月）

昨年度も火曜日の勤務地の変更があったが今年度も同じ事が起こった。またしても火曜日にである。

勤務時間も十二時三十五分から十六時五十五分と、短縮された。

とは言え、この変更は私にとっては都合が良い。何故なら、最寄り駅はメトロ南北線の王子神谷駅だからである。四ツ谷駅から南北線で一本である。尤も、駅からは大分《だいぶ》歩かなければならない。最後には、隅田川を渡るのである。「新田橋《しんでんばし》」という橋を歩いて渡るのだが、この季節では余り風情がない。

有名な歌曲に「花」という、誰でも小学校で習った歌がある。御存じですか？

「春のうららの隅田川　上り下りの舟人が」という曲だが、結構題名を間違えて「春」と覚えている人が多い。多分、歌詞の出だしが「春の……」だからであろう。

私が勤務するのは、三月末日までだろうから、「春のうららの」時節の直前までとなり、残念ながらこの曲の風情を楽しむことは出来ないだろう。

ところで、火曜日は「定例会」がある（日々雑感１「定例会」）。

一月十六日火曜日は、職場での勤務を終えて（隅田川を渡り）王子神谷駅から駒込駅まで戻り、ＪＲ山手線に乗り換え池袋駅まで行き、其処《そこ》から西武池袋線で練馬駅まで行った。これも以前までの道順より、速くて簡単である（乗り換え二回はあるが）。

と言う訳で、私は六時には練馬の地に降り立った。前回の一月九日（今年最初）の会は欠席したので（風邪気味だったので）、私にとって今年最初の「定例会」参加である。

店は昨年終わり頃に〝新規開拓〟した居酒屋で、我々の「定例会」のローテーションに入れた理由の一つの「鍋」がメニューにある。

因《ちな》みに「定例会」のローテーションは、中華料理店が二軒（味付けとお薦め料理が異なる）と沖縄料理の店（練馬春日町駅下車。日々雑感「練馬春日町の夜」）が一軒、この日とは別の居酒屋がもう一軒ある。以前にも書いたが、家族連れが来ない店である。

そしてローテーションとは別に、「定例会」の新年会を「ちゃんこ料理」の店で、文字通り年に一回行う仕来りである。

其《そ》れが次週一月二十三日火曜日である。

昨年も私はその「ちゃんこ料理」店に行ったが、元力士が経営している店だけあって本格的な「ちゃんこ」が食べられる。勿論、予約を入れておかないと入店は難しい。

この季節「鍋」が美味しいのは当然だが、大人数で「鍋」を囲むのも良い物である。そしてどうやら、この新年会には〝ゲスト〟が二人来るようである。〝ゲスト〟と言うからには当然女性である（以前、私が「先輩」を沖縄料理店に招待したように。男性が招待された例はここ何年も無い）。次回参加する〝ゲスト〟はどちらも私の知った人で、何年か振りなので、楽しみである（笑）。

練馬の夜の物語　一月二十九日（月）

一月十六日火曜日、私は勤務を終えて、何時《いつ》ものルートで練馬の地に降り立った（日々雑感「火曜日の勤務地の変更」）。

この日は「定例会」の新年会で、例の「ちゃんこ料理」の店で行われる（日々雑感「火曜日の勤務地の変更」）。

私が一番乗りで入店し、座席を見ると八人分用意されていた。二名の〝ゲスト〟が参加予定で、次に来店したのが〝ゲスト〟の一人だった。無沙汰の挨拶をして、彼女は私の対面に座った。次が何時ものメンバー（つまり男性ばかり）が集まり、時間になったので「定例会」の新年会を始めた。

先付けに胡瓜《きゅうり》に味噌（煮干しが混ざった物）を添えた皿が出され、次が手羽先で（一人は食べない。日々雑感1「定例会」）、三番目のメニューは刺身の舟盛り（かなりの大きさ）で、次がロースト・ビーフとマトンの切り身で、各自でどちらかを選ぶ。そしてちゃんこ鍋が登場する。八名分の中味で、締め（シメ）にラーメンを投入する。最後に甘味物が付き、二時間飲み放題でお一人様五千円である。

以前に、吉祥寺の店は「高い」と書いたが（日々雑感「吉祥寺」、日々雑感「昨年の年末を振り返る」）、此処《ここ》は料理の内容が格段に違う。

この会では、私は何時もビール一杯（ジョッキ）のあとは芋焼酎のロックを飲むのだが、それは他のメンバーに合わせている面もある。この日は瓶ビール（生ビールはメニューに無い店なので）で乾杯の後、対面に座った〝ゲスト〟が「お銚子」を希望したので、私も付き合った。「熱燗」は久々に飲んだのだが、「鍋」には合いますネ。因みに他のメンバーで焼酎のお湯割りを飲む者もいた。当日は雪は止んだが記録的な寒さだったから尤《もっと》もである。読者の皆さんは、アルコール飲料は何がお好きなのだろうか？

さて、一次会はお開きになり〝ゲスト〟二名とメンバーの一名（大病をした者・日々雑感1「定例会」）は帰宅し、五人が残った。二次会に行く為である。当然カラオケである。ところが、行く店に関して三名と二名に分かれた。珍しいこともあるものである。今までで「分派行動」（笑）を取ったことがあっただろうか？

結局、私は三名のグループで、以前良く行っていた（最近－一年近く－は自粛していた）スナックに入店した。店のスタッフは私の顔を覚えていたようである。

私はまず「365日の紙飛行機（AKB48）」を歌い、次に「青い影」を歌った。以前この曲を歌った先輩（男性だよ）は別の店に行ったので、この名曲を遠慮なく選んだ（日々雑感1「二次会」）。次に廻って来た時は「夢の途中（来生たかお）」、更に「マドンナたちのララバイ（岩崎宏美）」、最後に「恋人も濡れる街角（中村雅俊）」を歌った。途中で「虹と雪のバラード（トワエ・モア）」を〝ヘルプ〟した。今年は平昌《ピョンチャン》オリンピックがある年だから時季に合った選曲である。但しこの曲が札幌冬季オリンピックの応援ソングだった事を知る人は、大分《だいぶ》少なくなっている。何しろあの時に生まれていない人の方が多くなっているのではないだろうか。

オリンピックのテーマ・ソングについては、以前にも書いたが（日々雑感1「カラオケ」）、リオデジャネイロ・オリンピックでは安室奈美恵が担当した。平昌オリンピックでは誰が歌うのだろうか？

授業参観　二月五日（月）

さて学校の図書室で、或る先生から「『孔子』の漫画はありますか？」というレファレンス（図書館業務で文献の問い合わせへの対応）を頂いた。私自身記憶に無く、検索を懸けたがヒットせず其《そ》の旨《むね》を伝えた。その後、「紀伊國屋」のウェブサイトで調べた処、絵本が販売されている事を発見し、直ぐにプリント・アウトし、其のデータを退勤時に国語科の職員室へ持参した（高等学校の職員室は教科別になっていることが多い）。

問い合わせた先生はおり、データをお渡しした。先生曰《いわ》く、「孔子」はどうしても授業が「説教」になってしまうので、取っ掛かりとして漫画がないかを尋ねたと言う。

確かに、「孔子」は『論語』に代表される著作物で、「人として如何《いか》に振る舞うか、また生きるか」を説いている。

其処《そこ》で私は「自分は中学校の国語科の教員をしていたので、三年生の漢文の教材に『論語』がありました」と言うと、吃驚《びっくり》されて、更に私は「中学生の場合、『己の欲せざる処は、人に施す事なかれ』はよく分かってくれましたが、『朋遠方より来たる有り』はなかなか理解して貰えませんでした」と言った。加えて「勿論、発達段階で理解は異なりますが、『返り点』（レ点や一二点）の法則を説明すると、其れまで漢文に興味を示さなかった生徒が（特に理系男子）、結構理解が早かったですね」と言った。

するとその先生は「授業を見て下さい」と仰しゃった。金曜日の四限だと言うので、その日は休憩時間を前倒しして、参観させて頂くことにした。日にちは二月九日金曜日である。

人の授業を見させて頂く場合、指導主事と呼ばれる職員（都の教育委員会、若《も》しくは区の教育委員会の職員。都立高校の場合は東京都教育委員会になる）なら、必ず「評価」を行う。此《これ》は、其の授業が（一時間）何処まで生徒の理解を促《うなが》し、定着したかを判断し、授業者（先生。正しくは教諭）に伝えることである。必要に応じて「授業研究」として、協議を行う。

私は単なる図書館司書なので、其処まですするつもりは無い。しかし、「予習」はして行くつもりである。

嘗《かつ》て、何人もの教育実習生の「指導教官」を務めた私は、必ずその都度《つど》授業の評価をして来た。更には実習生の「研究授業」の際は、必ず「研究協議」を行った。「良かったですよ」と褒めて、自信を付けさせることは簡単である。しかし、苟《いやしく》も教職を志す者には、是々非々（良い所はよい、悪い所は悪い）の観点から指導助言を行わなければならない。何故ならば実習生は実習期間の前半、私（指導教官）の授業を参観しているのであるから、それに近いレベルの授業（指導法）が求められるのは当然である。しかし、実際には実習生はそのレベルの授業が展開出来ない。まあ、当たり前ではあるが。私自身、教育実習期間に満足のいく授業（指導法）が出来たとは思っていない。従って、今回授業を参観させて頂く訳であるから、一つでもその先生の「実」になることを言えるかどうかである。何しろ相手は〝プロ〟なのだから、実習生とは立場も責任も違う。誠に楽しみである（笑）。

漢詩　二月十二日（月）

さて一月二十七日金曜日は、リワークのメンバー（正しくは元メンバー）の新年会があったのだが、大変残念なことに私は別の用事で参加が出来なかった。会場は又しても武蔵溝の口らしかった。幹事のM氏からわざわざ連絡を頂いていたのに、申し訳ありません。

そして二月九日金曜日、私は通常より早目の休憩時間を貰い、或る教室の後ろにいた。例の授業参観である（日々雑感「授業参観」）。

私が教室の後ろのドアを開けると、教室の前半分に生徒が座っており、私に気が付かない様子だった。勿論、〝変な小父さん〟に見られないように「冬の勝負服」を着て、手にはクリップ・ボードとノート（一体何時《いつ》の物だろう。リワークで使っていた物より古く、表紙が日に焼けている）と「国語便覧」（副教材として私が持っていた参考書。中学生用だが、充分高校生の使用に耐え得る）を抱えている。

授業の後半で遅刻した生徒が前のドアから入室したが、彼が席に着く際に何人かが私に気が付いた。ひょっとしたら、管理職（校長・副校長）と勘違いしたかも知れない。

授業は「漢詩」の五言絶句と七言絶句だった。「王之渙」の『登鶴楼』と「孟浩然」の『春暁』、「柳宗光」の『江雪』の五言絶句と、七言絶句が一つ、板書（黒板に書かれること）されていた。「漢詩を味わう」ことが授業の主眼で、其《そ》の形式を学ぶのは次回の授業の眼目であるとの説明があった。あくまでも漢詩特有の表現を学ぶ（楽しむ）という主旨だった。

授業が終わり先生が私の方に近付いて来たので、まず授業を見させて頂いた御礼を言った。先生は逆に授業を見て貰った礼を仰しゃった（偉い）。

私は感想を述べ、先生がこの日此《これ》から出張なので、詳しい話は後日にということになった。多分、授業検討や専門的な助言を求めているのだろう。

翌日の二月十日土曜日、私は病院で診察を受け、検尿と採血を行った。その間、一瞬だが、スタッフを見掛けました。会計を済ませて何時ものように二階に至る階段を上った。リワーク室は閉じられており、調理室兼食堂にデイケアのメンバーとスタッフがおられた。スタッフ・ルームのガラス窓をノックし、出ていらしたスタッフに四週分の日々雑感をお渡しした。ラッキー。今回は楽しくお話し出来た（日々雑感「大井町の夜の物語」）。その後薬局で薬を貰い、小田急線の急行で新宿に出た（代々木上原駅で乗り換え）。新宿では、小田急百貨店内にある〝KITAMURA〟というブランド店に行き、キーホルダーが壊れたのだが（金属の部分）修理可能か、工場に問い合わせるべく預けた。次に東急ハンズで、手帳（バインダー式の物。リワークにも持参していた）の表紙を（これ又壊れたので）購入した。これまで茶色の表紙だったので、今回は黒を選んだ。新宿で昼食を摂り（この処、専《もっぱ》ら天麩羅の『船橋屋』を利用している）、伊勢丹百貨店地下（所謂《いわゆる》〝デパ地下〟）の『なだ万』（老舗《しにせ》の日本食店）で買い物をして、歩いて帰宅した。ふう。

誠意　二月十九日（月）

二月十四日水曜日、父の訪問看護（日々雑感「父の退院」）を終えて、私は或る銀行に赴いた。訪問看護の内容は、血圧測定、指の脈拍数測定、聴診（心音と腹音）、足の指・踵《かかと》・足の裏の確認、そして薬の管理状態の確認と、痛み・痺《しび》れ・痒《かゆ》み等有無の問診である。

それ等を記録用紙に書き込み、写しを父の紙表紙のファイルに収める。そのファイルは自宅で保管する。大体三十分程度である。

そして銀行へは所謂「休眠口座」（日々雑感「昨年の年末を振り返る・その二」）の解約の為に通帳と印鑑、保険証を持参した。手続きが総て終了し、私は幾つかのクレームを言った。「合併・統合はそちらの都合で、こういう休眠口座が出来たのではないか。ビックバンによって使われなくなった口座の持ち主にきちんと通知してるのか。誠意を感じられない」と。

企業にせよ、公共団体にせよ、商店にせよ、窓口の者や受付の者、電話を取った者の対応一つでその組織の印象が決まると思う。その者が新期採用で研修中の社員でも、中堅幹部でも、一人一人が会社を背負っているはずである。その意識無くして「お客様」に接することは極めて印象を悪くする。此方《こちら》は休みを取ってわざわざ来店しているのだから（まあ、今年度は水曜日が休みなのだが）尚更《なおさら》である。

前回登場した〝ＫＩＴＡＭＵＲＡ〟（日々雑感「漢詩」）のスタッフは、私の指摘（キー・ホルダーの破損箇所）をきちんと受け止めて、無料で修理する旨《むね》のメッセージを我が家の固定電話（留守番電話）に残している。当然と言えば当然の事だが、〝ＫＩＴＡＭＵ

RA〟のブランド名に胡座《あぐら》を掻くことなく、謙虚に客の文句を聞き取ったと言える。このブランドにはタレントの高田純次が関わっているとのこと。因みに私は、キー・ホルダーの他に名刺入れも持っている。

其の名刺入れを女性スタッフに見せて、このように革も厚く何より開閉部分が丈夫であるから、永《なが》く愛用しているのだと言った。評価する所は評価しているのだ。

私は様々な物を〝リペア〟している。グッチのショルダー・ケース、イタリア製の書類入れ手提げ鞄、リーガルの革靴、バリーの革靴、香港でオーダーメイドした革靴、ダンヒルのパウチ、ダンヒルの腕時計、ジヴァンシーの腕時計、ヴァレンティノの腕時計、黒のオーバーコート、茶の冬用ジャケット、ダンヒルのベルト、革製の名刺入れ（ノー・ブランド）ｅｔｃ。

シーマの腕時計だけは、部品が製造中止となって修理不可能だった。なので、現在使用している腕時計はロンジン（スイス製）である。

中には修理代が嵩《かさ》んで、新しい物を購入した方がお得な場合もあった。しかし、３Ｒ（リサイクル・リユース・リデュース）を実践することは、消費者として当然だと考えている。従って新宿高島屋のリペア・ショップのお得意様になっている。

旧式の携帯電話は、都庁に持って行くとその場で粉砕する機械が設置されていると言う。其の粉砕された部品（?）は再利用されるそうである。今度、自転車（日々雑感1「桜坂のカフェ」）で持って行こうと思っている。

神楽坂の夜の物語　二月二十六日（月）

二月十六日金曜日、私は勤務を終えて、徒歩で神楽坂方面に向かった。「冬の勝負服」を着込んでいる。オーダーメイドのスリーピースにフェラガモのネクタイ、ダンヒルのタイピンとダンヒルのベルト、グッチの革靴に東京ハットの帽子（此《これ》はリワークには被って行きませんでした）、Jプレスのハーフコート（私が持っている外套の中で一番厚手の品）に例のイタリア製の書類鞄である。

六時少し前に目当てのトラットリア（カジュアルなイタリアン）に入店した。このお店は住宅街にあり、もう少しで迷う所だった。

地下の個室に案内され、懐かしいメンバーと顔を合わせた。小学校の同窓会の幹事会なのである（日々雑感1「同窓会」、日々雑感「同級生」）。

以前、四谷で会ったクラス幹事の同級生のお手伝いを果たす為、幹事会に参加した訳である。幹事は私を入れて十名で、女性が五名の男性が五名。これではまるで〝合コン〟のようである（まあ、ちょっと無理があるが・笑）。

代表幹事（事務局を務める）が資料を配付し、四月二十二日日曜日に行われる同窓会（正しくは同期会）の打ち合わせを進めた。

途中、一点だけ皆の意見が出ない場面があった。それは幼稚園の先生を御招待すべきか否かである。其の先生は現在山口県に御在住で、もし御招待した場合、ホテルに一部屋確保するとのこと。会は其のホテルのバンケット・ルームで行われる。

私は御招待するべきではないと、理由を添えて発言した。地理的な問題と、年齢的な問題である。更に其の先生に御気を遣わせることになると指摘した。此《これ》には全員納得してくれた。

総ての検討事項が終わり、ワインと料理を楽しんだ。実は食べながらの討議だったのだが。私は、同窓会当日会計の担当になった。前回は会計と受付だったネ（日々雑感1「同窓会」）。話題の中で、現在連絡の取れない者と物故者に関する情報交換や、番町・麹町・

四谷の地域に関する、幾つかの飲食店の情報交換もした。

代表幹事の女性が先に退席したのを店先まで見送り、残った九名で暫く歓談してお開きとなった。時刻は九時三十分を廻っていた。四名はメトロ東西線神楽坂駅へ、別の四名は都営大江戸線牛込神楽坂駅に、最後の一名は徒歩で自宅に向かった。私はメトロ組である。飯田橋でＪＲに乗り換える女性と共に降りて、私は南北線に乗り換えた。家に着いたのは、十時を過ぎていた。ふう。

しかし、貴重な時間を過ごさせて貰った。隣の席の同級生に「三菱東京ＵＦＪは『休眠口座』に対しての対応がなっていない」と言ったら「そうなんだよね。それを言われると、ウチも同じだよ」と、勤めている大手銀行の名前を出した。おやおや。

皆、老眼が入り始めているので、眼鏡を二個持っている者もいた。私は両用なので、其の話もした。また、その場の誰もコンタクトレンズをしていないので、ハードとソフトの違い、ワン・デイ（使い捨て）の良し悪しについても語った。私は酸素透過性のハードを持っている。

この幹事達ならば、来る同窓会は成功裏に終わるだろう。

母の一周忌　三月五日（月）

二月二十五日日曜日、林家の菩提寺で母の一周忌法要が行われた。

参列者は、母の従姉妹（日々雑感１「留守番電話」）とその御主人、別の従姉妹（日々雑感１「留守番電話」）、更に別の従姉妹とその御主人（日々雑感１「母の通夜、告別式」、日々雑感１「母の七七忌法要」）、父の弟（日々雑感１「母の通夜、告別式」、日々雑感１「母の七七忌法要」）、父の姪（私の従姉妹・日々雑感１「母の通夜、告別式」、日々雑感１「母の七七忌法要」、日々雑感「別の従姉妹、そして銀座、再び」）、母の姪（私の従姉妹・日々雑感１「留守番電話」、日々雑感１「従姉妹」、日々雑感１「墓参り」、日々雑感１「祖母の二十三回忌法要」、日々雑感「従姉妹、再び。そして、銀座」、日々雑感「昨年の年末年始を振り返る・その二」）と母の甥（私の従兄弟・日々雑感１「祖母の二十三回忌法要」、日々雑感１「母の通夜、告別式」、日々雑感１「母の七七忌法要」）である。

法要が終わり、林家の墓にお参りして、父方の従姉妹が別の用事で別れた。残りの親戚一同で、予約したタクシー四台に分乗して新宿高島屋に向かった。そして十四階レストラン街の「美先《みせん》」という京料理の店に入った。

献杯《けんぱい》の後、料理が出された。献立は以下の通りである。

一献は四種のおばんざい（京都の家庭料理を「おばんざい」と言う）、椀物はずわい蟹とかぶらみぞれ椀、向付は刺身二種盛、煮物は黒毛和牛ビーフシチュー、焼物は鰤の吟醸焼、食事は白御飯とお椀に香の物、甘味は本日の甘味（苺とアイスクリーム）だった。苺は冬季オリンピックで、見事銅メダルを獲得した女子カーリングの〝モグモグ・タイム〟を思い出した（今回色々な〝モグモグ〟があることを私は知った。海外の或る男子チームのメンバーは林檎を丸齧りしていた）。精進落としの席では、飲み物は私の場合最初が生ビールで、次は焼酎のお湯割りにした。年長者の方々は日本酒の熱燗だった。

十二時から始めた精進落としは三時まで続いた。店は混んでいて、料理の出るのに若干《じゃっかん》時間が掛かった。私は余り気にならなかったが。

会席が終わり、お土産の菓子折をそれぞれに手渡して、我々はタクシーで帰宅した。流石《さすが》に疲れを覚えた。

一周忌を過ぎて正式に喪が明けたので、今後の予定を数多く立てている。

二月二十八日水曜日は、銀座。

三月二日金曜日は、目黒。

四月二十二日日曜日は、麹町。私の小学校同窓会（日々雑感「神楽坂の夜の物語」）である。

七月七日土曜日は、場所は未定。「七夕の会」（日々雑感1「七夕の会」）である。

七月十四日土曜日は、大井町。私の二校目の教え子達の同窓会（日々雑感1「七夕の会」）である。

七月三十一日火曜日前後は、吉祥寺。私の初任校の元同僚達との会（日々雑感「吉祥寺」、日々雑感「昨年の年末年始を振り返る」）である。

十月十三日土曜日は、横浜中華街。私の三校目の元管理職と元ＰＴＡ役員の会（「〇〇先生を囲む会」・日々雑感「目黒の夜の物語」、日々雑感「大井町の夜の物語」）である。

目黒の夜の物語、別篇　三月十二日（月）

三月二日金曜日午後六時四十五分、私はメトロ南北線目黒駅改札口を通過した。ある区に勤務していた頃の元同僚との〝呑み会〟である。その二名は既に先着しており、直ぐに分かった。一名は五年振り、もう一名は七年振りである（いずれも男性）。

私が三人で入ろうと考えていた店は満員で（金曜日だし、そろそろ送別会の時季である）、止むを得ず別の店に入った。ところがその店は意外と広く、料理の種類も豊富であることが分かった。最初は生ビールで乾杯し（何時《いつ》も通り）、その後私はカシス・オレンジを二杯呑んだ（ここの処《ところ》カシスが多い）。最後に握りの五種盛りを各々《おのおの》が注文して、会計は此の量で一人五千円。矢張り吉祥寺は高いと言わざるを得ない（日々雑感「吉祥寺」、日々雑感「昨年の年末を振り返る」、日々雑感「練馬の夜の物語」）。その店で、お互いの共通する元同僚達の消息を物故者も含めて情報交換した。

私は、内心「同僚会ＯＢ・ＯＧ会」を開催する時季が来たなと思った。嘗《かつ》て私が音頭を取って渋谷で大々的に会を行ったのが、今から十五年前である。

そして三月十日土曜日、私は登戸駅に降り立った。Ｊプレスのハーフコート（Ｐコートとも言う－海軍の厚手の外套の裾を短くした物で、別名パイロット・コートとも言う－どのブランドも釦に錨のマークがある－リワークには着て行かなかった品・日々雑感「神楽坂の夜の物語」）にスペイン製の革ジャケット（リワークに着て行った品）、東京ハットの帽子（リワークには被って行かなかった品・日々雑感「神楽坂の夜の物語」）を被り、ホーキンスの革靴（リワークには別のホーキンスを履いて行った）を履き、グッチのショルダー・ケース（リワークには持って行かなかった品。私の鞄類の中で一番値の張る物）を肩に懸けていた。何時《いっ》もイタリア製の書類鞄ではなく、グッチに四週分の日々雑感を入れていた。

診察を終え（前回の血液検査の結果は良好とのこと。やった！ ちゃんと運動しているからネ）、会計を済ませて二階に至る階段を上った。廊下を右に折れたら相談室でスタッフが面談をしているのが見えた。凄く久しぶりのような気がした。黙礼だけして調理室兼食堂には誰もいないことを確認し、卓球の音がする卓球室へ行くと、スタッフが試合中のスコア・ボードを持っていた。スタッフは気が付いてくれたが、仕事中なので私はスタッフ・ルームの窓に近付いた。中には一名スタッフがおられ（私の知らない方）、ノックに応じて廊下に出て来て下さった。私は何時ものように、スタッフの机上に置いて貰うようにお願いした。

小田急の急行で新宿に戻り、何時ものように「船橋屋」で生ビールと天丼を食し、歩いて自宅に帰った（運動してるでしょ）。

三月十三日火曜日は、練馬の「定例会」（日々雑感1「定例会」）に参加した。ここの処《ところ》、新年会（日々雑感「練馬の夜の物語」）を除いて、私は二次会（日々雑感1「二次会」、日々雑感1「カラオケ」）には付き合っていない。四月になったら行こうかなと思っている。

暗証番号　三月十九日（月）

三月十四日水曜日、父の訪問看護の前に私は近所のＡＴＭで、或る銀行のキャッシュ・カードを機械に入れた。暗証番号（四桁の数字）を打ち込んだが、間違っているとの表示が出てしまった。其処《そこ》で思い当たるもう一つの番号を打ち込んだ処《ところ》、取引が開始出来た。ふう。何度も間違えた番号を打ち込むと、取引が出来なくなると聞いていたので一安心である。

銀行では暗証番号は貯金通帳等にメモしないように、キャッシュ・カードと通帳は別々に保管して下さいとか、暗証番号は誕生日や住所・電話番号等の個人情報ではない番号にするようにと、いちいち五月蠅《うるさ》い事を言う。

しかしそれは事故を怖れる銀行の側の理屈で、利用者である客は必ずしも従ってはいない。少なくとも私は、カードと通帳を一緒に保管しているし、幾つかの銀行の暗証番号は様々な電話番号の下四桁にして覚えている。

私は銀行を大手三行と準大手二行、地域銀行一行に信用組合一行と、そしてゆうちょ銀行というように資産は総て分散させている。ビッグバン以前は当然もう少し多かった訳である。従って「休眠口座」が出来たのである（日々雑感「昨年の年末年始を振り返る・その二」）。

現在の限りなくゼロ金利に近い状態では、普通預貯金は単なる「貸金庫」に過ぎない。自宅の「箪笥貯金」よりは安心かと言えばそうとも言えない。或る雑誌の記事に「銀行はあと七年」という衝撃的なタイトルの記事が掲載されていた。病院の雑誌ラックには無かったです。

此《こ》の世の中、何が安全で何が安心か、確実に「不確実」な時代になっている。大企業の倒産や、準大手銀行の経営破綻、株価の暴落、為替相場の乱高下に円のレートの急変等、先の読めない時代になった。信じられるのは自分の知識と判断だけの「自己責任」の時代である。〝ビット・コイン〟の急落等が良い例である（私は手を出さなかったが）。

では、資産を運用するには何をすれば良いのだろう？　私は専門家のアドバイスが一番だと思っている。「不確実」な時代だけに、出来るだけ「確実」な助言を得たいものである。「手数料」はそれ故発生するものと考えている。私の場合、或る大手証券会社と三十年以上の取引がある（御得意様だヨ）。

勿論、只《ただ》助言を求めるのではなく、自分でも勉強していなければならない（「自己責任」だからネ）。

現在、「投資」に関する書籍が今まで以上に発刊されている。「高校生にも分かる」シリーズなど、未成年者への啓発的な書籍も多い。〝日経トレンディ〟は大抵の都立高校の図書室に配架されている。今や、現金以外の「資産」の重要性が問われる時代になったと言えよう。年末ジャンボ宝くじを買うか、その金で投資信託を始めるか、それは個人の判断である。「自己責任」の時代だからこそ、「自己」の判断とその根拠になる知識が必要になって来ているのだ。

話題　三月二十六日（月）

三月十九日月曜日、私は銀座に居た。

午後八時に、上品な扉を開けて所謂《いわゆる》高級クラブに入った（日々雑感１「銀座の夜の物語」、日々雑感「従姉妹、再び。そして、銀座」、日々雑感「別の従姉妹。そして、銀座」、日々雑感「昨年の年末を振り返る」）。客は誰も居《お》らず、月曜日だし、二次会に流れて来るにはまだ時刻も早い。

私の隣には若く美貌のホステス（初めての人）が付き、私の斜め前の席にもう一人のホステス（以前からの顔見知り）が座った。

私は「休眠口座」の一件や（日々雑感「昨年の年末を振り返る・その二」、日々雑感「神楽坂の夜の物語」）、最近感じた事柄を話した。

その中に、私が迷惑に思うことが幾つかある。

常々《つねづね》迷惑に思うこと、其の一。混雑した電車内で、背中に荷物を背負う輩《やから》。また、肩に嵩張《かさば》るバッグを懸ける者達。自分では誰にも迷惑を掛けていないと思っている連中である。

其の二。人の流れが多い駅のコンコースで、キャリー・バッグやカートを引き摺《ず》って歩いている旅行客。日本人・外国人問わず、何人分のスペースを塞いでいるのかまるで分かっていない。

其の三。人通りの多い歩道を、前と後ろに子供を乗せて、電動アシスト付き自転車で人の流れを縫うようにスピードを出して行く若い母親達。自分は決して人にぶつからないと思い込んでいるが、歩行者にしてみると其れは怖くて、「走る凶器」に他ならない。

次は所謂「間違った日本語」。

其の一。コンビニエンスストアのレジで千円札を出したら、「千円からお預かり致します」と〝マニュアル語〟を未《いま》だに遣《つか》っているアルバイト達。最近大分《だいぶ》減って来たが、まだ遣われているのが実情である。

其の二。ファミリー・レストランでパスタ（例えばカルボナーラ）を注文したら、料理を運んで来て「カルボナーラになります」と言うウェイターとウェイトレス達。「カルボナーラに『なる』前は小麦粉だったのか?」と突っ込みを入れたくなる。これまた、〝マニュアル語〟を作った人間が、自分は日本語を知っていると思い込んでいる事例である。

其の三。些《いささ》か微妙だが、重要な案件を「上の方に伝えておきます」と言うビジネスマンとビジネスウーマン達。此《これ》は、「上に伝えておきます」か「上席《じょうせき》の者に伝えておきます」が正しい日本語である。

其の四。このような「高級クラブ」で、初めての客に「水割りで宜しかったでしょうか?」と訊くホステス達。勿論「水割りで宜しいでしょうか?」が正しい言葉遣いである。美貌のホステスは、流石《さすが》に何が間違っているのかを理解していた。顔見知りのホステスも同様だった。

ということで、次回はもう少し「『為になる』話」をしようと思う。

ある高校　四月二日（月）

四月二日月曜日午後十二時過ぎに、私はメトロ南北線本駒込《ほんこまごめ》駅を降り立った。今日から一年間、月曜日と火曜日はある高校に勤務することになった。両日共午後からの勤務である。因《ちな》みに、木曜日と金曜日は別の高校である。此も午後からの勤務で、収入が大分《だいぶ》減少する事態になった。水曜日は、父の訪問看護と月一回の通院に同行するので、仕事を入れないでいる。土曜日の勤務も考えたが、自分の診察があるし何かと用事が入って来るので、今の所空けている。一日勤務（実働七時間）の勤務が一つでもあれば良かったのだが、思うようには行かないものである。

この高校は駅から左程《さほど》遠くなく、五分も歩けば到着した。只《ただ》、其処《そこ》まででコンビニエンスストアが一軒も無く、此《こ》の付近に勤める会社員や住民（マンションが結構立ち並んでいる）は何処《どこ》で買い物をしているのだろうと思った。

そこで少し近場を歩いてみると、コンビニを三軒発見し、飲食店もかなりあることが分かった。その内の一軒は行列が出来ていた。きっと値段も高くなく美味しい店なのだろう。勿論チェーン店では無く、どちらかと言えば年季の入《い》った店構えである。

私はこの高校の来賓玄関から入り、上履きに履き替えて、外履き（香港でオーダーメイドで作った革靴）は上履きを入れて来たシューズ・ケースに入れ、企画経営室に挨拶し、二階の図書室に行った。春休みなので、利用者は一名だけだった。

司書室にいた司書に挨拶し、〝勤務マニュアル〟を見ながら勤務の流れの説明を受けた。閉館の仕方や、施錠の方法、警備システムの手順が、他所《よそ》の遣り方と微妙に違うので、慣れるまでに多少の時間が掛かりそうである。新しい勤務先に行くと此の点が面倒である。昨年度と同じ勤務地ならば、新たに覚えることも無いのであるが。

まあ、こう言う訳で平成三十年度がスタートした。午前中はかなりの時間を遣えるようになったので、今まで水曜日にまとめて遣《や》っていたことを分散して行える。有効活用したいものである。

さて、四月はいよいよ私の小学校の同窓会が催《もよお》される（日々雑感「神楽坂の夜の物語」）。二十二日日曜日は、私にとって四月最大のイベントになることだろう。私は会計担当なので、今せっせと五百円硬貨を集めている。此れまでに三十枚以上溜め込んだ。何故五百円硬貨が必要になるのか？　お分かりですね。会費が「ン千五百円」なので、五百円のお釣りがどうしても必要になるからです。

同窓会当日に、着て行く物の中に「赤」の物を着用する〝お楽しみ〟が設定されている。身に着けて行く物でも良い。それは「還暦を記念して」と言う訳で、私自身は三点を考えている。それは何か？　当日をお楽しみに（笑）。実は今までにも着用している小物です。只、此の日々雑感には書いていないかも知れません。

錯覚　四月九日（月）

今年度、木曜日と金曜日はある高校に勤務している。従って東京メトロ南北線王子神谷駅から歩いて、商店街を抜け「新田橋」を渡ることになる（日々雑感「火曜日の勤務地の変更」）。

今、正《まさ》に歌曲「花」の「春のうららの隅田川……」の歌詞の通りの風景の中を、隅田川を渡っているのである。桜（ソメイヨシノ）は散ってしまっているけれど。

川を渡っていて感じることは、川が上流から下流へ波打っているのではなく、その逆に見えるのである。どう見ても、下流から上流に波が動いているとしか思えないのである。此処《ここ》は足立区と北区の区境で、隅田川の下流域ではない。従って川の河口域に見られるような海からの潮の逆流は有り得ない場所なのである。

勿論此《これ》は私の錯覚なのだが、何《いず》れ上流から流れているように見えることになるだろう。

そして四月七日土曜日、私は病院で診察を受けた。

待合室の最前列のソファに座っていると、スタッフが廊下の奥から歩いて来るではないか。ラッキー。四週分の日々雑感を取り出していると、スタッフが「授業参観したんですね。凄いですね」と言って下さった。ちゃんと此《こ》の拙文（つたない文。謙遜して遣う。従って言葉通りの意図で遣っているとは限らない）を読んで下さっているのに感激しました。尚、その際持参した鞄は何時ものイタリア製の革鞄ではなく、グッチのショルダー・ケースだった。多分病院へは初めて持参した物である。

その日はそう言う訳で、病院の二階に行くことなく会計を済ませて、薬局へ赴いた。その後、小田急線の新宿行きの急行に乗って新宿に戻り、天麩羅屋で昼食を摂り（生ビールも）、伊勢丹地下の日本食店の総菜を買って徒歩で自宅に帰った。何時もの通りである。

何時もの通りでなかったことが以下の出来事である。例の天麩羅屋で赤ちゃんを連れた夫婦が来店したのだが、やがて赤ちゃんがむずかって泣き出した。流石《さすが》に母親が外に抱いて出たが、それまでも赤ちゃんは神経に障る声を出していた。私は会計の際「同じ料理なのに美味しく感じられなかったのは何故かね」と言ったら、店の者は「小さい御子様のことですか」と、答えたので「他の客が我慢しなければならないのか」と問い詰めると、「御子様連れは御遠慮されるようにするとかですか」と言うので「それは店の決める事でしょう。私が言いたいのは他の客への配慮だよ」と言って、店を出た。ふぅ。

行列の出来ていた店の前に、その日は行列が出来ていなかった。「どんな物か?」と入ってみると、狭い店内はかなり混み合っていた。私はカウンター席に座らされた。しかし注文をしてから料理が来るまで時間が掛かり過ぎた。更に私のあとから入店した客の料理が早く出来上がって来た。

私は会計の際によっぽど、嫌み(私にすれば正当な文句)を言おうかとも思ったが、もう一回試して駄目なら、もうその店は二度と使わないことにしようと思い直した。

準備　四月十六日(月)

四月二十二日日曜日が近付いて来た。同窓会である(日々雑感「神楽坂の夜の物語」)。四月十二日木曜日に、代表幹事から封書で資料が届いた。丁寧な内容で、全体の席次(まだ流動的とのこと)と私のクラスの出席者名に二次会参加者の名簿も添えられていた。更に受付の際の方法(二次会の受付を別にする)を、

「受付、会計、司会の皆様こんばんは。
さきほど林孝志君と話しました。
彼の意見をふまえ、お金の取り扱いは以下のようにしたいと思います。
① 一次会の受付では一万円札で支払う人には二千五百円のおつりをまず払う（名札を渡す）。
② そのあと、二次会出欠の意思を確認して、別途、隣の二次会受付で支払って頂き、引換券を渡す。
つまり、紳士的に、丁寧に受付をしましょう、ということです。
私は二次会受付の隣でプログラムのお渡しをいたします。
どうぞよろしくお願いいたします。〇子」（原文のまま）
と、私の名を出して説明があった。実は此《こ》の件に関しては先日に電話で相談があったのである。どうやら私は他人から相談をされ易いタイプらしい（笑）。何回も書くようだが、私はクラス幹事ではなく、お手伝いに過ぎないのだけれども。幹事会の時（日々雑感「神楽坂の夜の物語」）も、大事な決定の意見を言ったように、全体の視野が広いと思われているのかも知れない。此は誤解か正解か、やがて分かる時が来るだろう（笑）。

来る四月十七日火曜日は例の「定例会」(日々雑感1「定例会」、日々雑感1「定例会への復帰」)だが、何と四谷でやることになっている。年に一回くらいイベント的に何時《いつ》もと違う場所でやろうということになり、四谷に決まった。其処《そこ》で私は、「定例会」に相応《ふさわ》しい店を何件か絞り、最終的に炉端焼きの店に決定した。私は紙片に地図を描き、店の名と電話番号も書き込んでメンバー一人一人に手渡した。此の店は東京メトロ丸ノ内線四ツ谷三丁目駅から程ない所にある。四谷三丁目にしたのは、メンバーが新宿三丁目方面から来るので、より近い駅ということで決めた。四ツ谷駅付近の店にも良い店があるのだが(日々雑感「先輩」、日々雑感「四谷の夜の物語」)、又其《そ》れは別の時にすれば良いことである。

炉端焼きの店に電話で予約を入れ(六時三十分から五名)、当日を待つまでになった。予約と言えば、四月二十六日木曜日の六時から、銀座八丁目の鉄板焼きの店を予約した。何回か利用した名店である(日々雑感「従姉妹、再び。そして、銀座」、日々雑感「別の従姉妹。そして、銀座」)。此処《ここ》は、当日連絡してもなかなか席が取れない店である。今は歓送迎会の時期なので尚更《なおさら》である。

と言う訳で、予定が幾つか入っている四月の後半である。

四谷三丁目の夜の物語　四月二十三日（月）

四月十七日火曜日は、四谷三丁目での定例会である（日々雑感「準備」）。

私は午後六時に炉端焼きの店に入り、テーブルが予約されている事を確認した。生ビールの〝小〟を注文し（雨も降っていて少し肌寒かったので、〝生の中〟にはしなかった）、お通し（筍。料金が付く）を摘んでメンバーの到着を待った。三名が東京メトロ新宿副都心線で新宿三丁目駅で丸ノ内線に乗り換えて来る。もう一名は都営大江戸線で中野坂上駅で乗り換えて四ツ谷三丁目駅に来る。

メンバーが三名揃った所で料理を注文した。空豆の焼き物、蛍烏賊《ほたるいか》の沖漬け（ボイルと醤油漬けの二種類）、厚揚げ、ほっけの焼き物、はたはたの焼き物、刺身二点盛り、野菜の焼き物三種盛り等である。飲み物は焼酎のボトルで「黒霧島」をロックで追加注文した。焼酎はボトル・キープ出来ないのだが、我々は当然全部呑んで空《から》にした。日本酒も二合注文した（大吟醸の甘口）。

此の日は私が会計で、支払いの端数は私が負担した。メンバーは何時もより交通費が掛かっているからネ。

店を出て、四谷方面に向かって歩いた。二次会は練馬のようなスナック（日々雑感1「二次会」）では無く、普通の居酒屋にした。四谷にカラオケ・スナックは無くはないのだが、初めての店で居心地が悪いと面倒なので安全策を採った訳である。

その店ではホッピーと焼酎を注文し、肴《さかな》も幾つか頼んだ。不思議な物で、あれだけ食べても十分ほど歩いたら、又食べられるようになっていた。

そして四月十九日木曜日、私は職場に勤務すべく、「新田橋」を渡って隅田川を越えた。「新田橋」の手前（東京メトロ南北線王子神谷駅がある）は北区で町名は「豊島《としま》」である。豊島区では無いのにである。このような事は、例えば「目黒駅」が目黒区でない（品川区）とか、「品川駅『前』」が品川区でない（港区。駅の半分は品川区）のと似ている。

ところで此《こ》の北区では、自動車のナンバーが「練馬」が多い。ところが橋を渡った足立区では当然ながら「足立」ナンバーが圧倒的に多い。

橋の手前の北区のドライバーが「足立」ナンバーにしたくないのには、理由があるはずである。以前は「川向こう」と言う言葉が遣われていたが、現在は〝準・差別用語〟として遣われていない。「川」の『こっち』と『あっち』では偉く違うことが、此の言葉からも分かろうという物である。

以前の東京都ではナンバーは、西から「多摩」「練馬」「品川」「足立」だけだった。「八王子」「杉並」「世田谷」ナンバーの登場はずっとあとの話である。病院は登戸なので「川崎」ナンバーのはずである。

リワークに通っていた頃、朝に〝まいばすけっと〟で院長先生を見掛けたことがある。先生は白のワゴン車に乗って発進させた。そのナンバーは「川崎」だったと記憶している。もし「横浜」だったら御免なさい。「川崎」と「横浜」では大分《だいぶ》〝響き〟が違うだろう。「練馬」と「足立」では、決定的に違うのかも知れない。

還暦祝賀同期会　四月三十日（月）

四月二十二日日曜日午前、私は「春の勝負服」を着て、国道20号線の歩道を歩いていた。オーダーメイドのツー・ピースにフェラガモのネクタイ、赤の七宝焼きのタイピンとダンヒルのベルト、グッチの革靴に東京ハットの帽子、ヴィトンのパウチ、である。他に伊勢丹の紙袋を二つと大荷物である。スーツの上着にはバーバリーのラペル・ピンが刺してある。胸のポケットには赤のポケット・チーフが見えるようにしてある。何故だか分かりますね？

私は会場の麹町にあるホテルに到着し、案内掲示に「○○小学校九十八会同期会　様」とあるのを確認し、三階のバンケット・ルームに向かった。部屋の前には受付用のテーブルが二台、椅子が六脚用意されていた。扉を開けると薄暗い会場が既に準備出来ていた。私は宅配便で送られていた小型の段ボール箱を開いて、ビニール袋にクラス毎に分けて入っている参加者の名札を取り出し、テーブルにクラス毎に五十音順に並べた。幹事の名札はクラスのトップに置いた。予備の受付用名簿と人数分の式次第と席次表を並べ、電卓と小さな紙箱とボールペンを添えた。館内電話で椅子をもう一脚運んで来て貰い、準備は整った。私は自分の電卓にカメラ（フィルム用）、五百円硬貨を入れた缶（紅茶の葉を入れる小型のブック・タイプの物。ちょっとお洒落な品）と小さなノートを一番端に置いた。

そこへ代表幹事が到着した。私は彼女より早く来て、これだけの準備をしておきたかったのである。何故なら、彼女は現在軽井沢在住で、今朝新幹線で上京したのである。そんな彼女に、細々《こまごま》とした〝雑用〟はさせられない。会場に一番近い（実際は二番目だが）私が遣れば済む事だからである。
「還暦祝賀同期会　進行表　最新版」によるとタイム・テーブルは以下の通りである。
一二：〇〇　実行委員集合（間に合う人だけ）
一二：一五　受付開始（〇〇・△△・□□・◇◇・▽▽・林・◎◎）
一二：五九　受付終了
一三：〇〇　開会のことば
一三：〇一　ご来賓のおことば
一三：二〇　乾杯〜お食事（音頭は司会が指名・フリー・ドリンク一五：三〇終了通達）
一三：五五　ステージ準備開始　（⊿⊿君　□□ちゃんスタンバイ）
一四：〇五　ステージ演奏　（司会より⊿⊿君について一言ご紹介）
一四：二〇　クラスごとに近況報告〜実行委員の紹介（一人六〇秒程度）
一五：二〇　フリードリンクが一五：三〇で終了になる旨通達（司会）
開栓してあるものと、水は引き続きＯＫ。ソフトドリンクとびんビールは有料になるが、遅れてきた人には事務局が支出します。

一六：〇〇　合唱　（指揮は☆☆先生ご負担の場合　♂♂さん）
一六：一〇　花束贈呈〜記念撮影　（贈呈は〇〇さん・※※さん・写真は〒〒君、
　　　　　　壇上最前列にすみやかに椅子を並べること）
一六：二五　閉会のことば
　　　　　　御礼サプライズ？（事務局）
一六：三〇　恩師ご退場
　　　　　　★〇〇さんと※※さんはお土産のお菓子とお車代をお渡しし、
　　　　　　フロントでタクシーを手配。☆☆先生の運転手さんに住所をお渡しする。
　　　　　　★♀♀君と＃＃君は二次会へ誘導。二次会用の名簿を忘れずに。
　　　　　　★林君と▽▽君と◎◎は、一階で会計精算。
　　　　　　★ほかの実行委員は忘れ物点検して二次会、または解散。
　　　時間はおおよその目安ですので、状況に応じて早めに動いて参りましょう。
（原文のまま）

還暦祝賀同期会・其の二　五月七日（月）

四月二十二日日曜日、麹町のとあるホテルのバンケット・ルーム「エメラルドの間」には丸テーブルが六台あり、ほぼクラス毎に座席指定されていた。

この同期会のプログラムの冒頭の「ごあいさつ」を引用させて頂く。

「皆様、本日はご多用中にもかかわらずご出席頂きまして、本当にありがとうございます。小学校を卒業して幾星霜、人生の大波小波を乗り越えて、今年度、皆六十歳となります。○○先生、□□先生ご臨席のもと、互いの還暦を祝うことは誠に喜ばしく、また感謝の気持ちで一杯です。今日の和やかなひとときを、どなた様もごゆっくり存分にお楽しみください。

実行委員一同」

（原文のまま）

宴《うたげ》は定刻通り午後一時に始まり、私は受付で遅参した参加者に対応し、現金を確認して会場に入った。午後一時四十分だった。

私のテーブルは、クラスの幹事（日々雑感「火曜日の休み」、日々雑感「同級生」、日々雑感「神楽坂の夜の物語」）も含めクラスメイトが七名席に着いており、遅れて着席した私と乾杯し歓談した。

その後□□先生の御挨拶、プロの声楽家の同級生の歌唱「越谷達之助　初恋」「カルディロ　カタリ」（吃驚《びっくり》しました。初めて聴いたので）と続き、クラス毎に近況報告と実行委員の紹介となった。時間が押しているので、一人四十秒の持ち時間になっていた。

そして合唱「行けや友よ」「校歌」と続き、花束贈呈から記念撮影に進んだ。閉会のことばの前に、サプライズ演出があり、会場は大いに盛り上がった。それは、代表幹事のフラメンコのステージだったのである。

閉会後、先生方を担当幹事（日々雑感「還暦祝賀同期会」）がお見送りして、二次会に行く者は別の担当幹事に付いて行った。私は一階のフロントに向かいクレジット・カードで精算し、フロント横の部屋で代表幹事ともう一人の会計と司会をした幹事と共に、多額の現金を確認した。この方法が一番確実なのである。現金で精算すると、予算と支出が合わない時（良くある事）に慌ててしまうが、これだともう一回現金を数え直して、何に懸かったか確認出来るからである（大抵は忙《せわ》しなくて記録を忘れている）。

多額の現金は私が持ち、代表幹事は一旦自室（会場はホテルで、其処に一泊する部屋‐彼女は軽井沢から上京していた）に戻って水分補給すると言うので、もう一人の会計と司会をした幹事と共に二次会の会場に向かった。

二次会会場にかなり遅れて到着したら、まだ乾杯していないと言う。代表幹事を待っていたのだ。私は代表幹事は少し遅れるからもう乾杯しようと言って、乾杯の運びとなった。いや、皆偉い。私が先着していたら「練習で乾杯しょう」と言っていたに違いない。それをずっと待っているのは、代表幹事に敬意を表しているからに他ならない。大人だネ。

「練習」の乾杯をして、暫くして代表幹事が到着して「本番」の乾杯となった。

私のクラスの幹事は、仕事に戻って二次会にはいなかった。お疲れ様です。

二次会がお開きになったのは午後十時。延々八時間は呑んでいたことになる（笑）。

還暦祝賀同期会・其の三　五月十四日（月）

四月二十二日日曜日、二次会が終わって自宅に戻ってから、私はクラス幹事（日々雑感

「十一月」、日々雑感「同級生」、日々雑感「神楽坂の夜の物語」）にショート・メールを送った。

「今晩は。今日はお世話になりました。またご連絡致します。林」。すると、直ぐに「お疲れ様でした。二次会盛り上がりましたか？」と返信があったので、「はい！　いらっしゃらなくて皆残念がっていました。林」と打っておいた。

翌日朝、預かっていた名札をクラス毎のビニール袋に入れて、麹町のホテルに向かった。前日、「エメラルドの間」で同期会が開催された所である。

フロントで、「昨日お世話になった△△小学校同窓会の者です。此処に宿泊した◎◎さんはチェック・アウトしましたか？」と尋ねたら、まだであると言う。内線電話で呼び出して貰ったら、十分後にロビーに来ると返事があった。其処で名札を返し、彼女が朝食がまだだと言うので、近くのコーヒーショップに向かった。彼女はコーヒーに卵サンド、私はカフェ・ラテを注文した。彼女は昼を旧友と一緒にして、新幹線で軽井沢に帰るのである。

四月二十五日に彼女からの手紙が届いた（ワープロによる）。文書は二通である。

「はやし　たかし　様

二〇一八年四月二十三日
◎◎　◎子

林君、このたびは会計お世話になりました。おかげさまで祝賀会は大盛会となりました。□□先生、◇◇先生からも実行委員の方々によろしくとのことです。

また名札の整理をして下さった上に、ホテルまでお運び頂いて本当にありがとうございました。みずみずしい箱根（熱海ダヨ）のレモンもお心遣い感謝いたします。

さきほど皆にはメールにて別紙の通り会計報告をしましたので、お送りします。カードでお支払い下さったこと、大変恐縮に存じます。ありがとうございました。

また機会あれば皆で会いましょう。どうかお体大切に、お元気でお過ごし下さい。」

（括弧《かっこ》以外原文のまま）

「皆様　四月二十二日現在の祝賀会の会計報告です。
総収入　（繰越金・補助金・会費・祝金）○○円
総支出　（飲食会場費・接待・文具通信など）□□円
繰り越し残高　◇◇円
以上、▽▽氏、林氏、⊿⊿氏同席の上確認しました。

さらにこれから写真代、郵送費などが発生すると思います。
ほかに自己負担分のある方はお申し出下さい。
なお、当日病欠が三名でしたが、
事情を考慮の上、お一人〇円ずつのお支払いをお願いしてあります。
以上ご報告いたします。◎◎」（以下省略・原文のまま）
入れ違いで、私の葉書が軽井沢の方に届いているはずである。当然ながら代表幹事としての彼女の働きに感謝する文言で埋められている物である。

還暦祝賀同期会・其の四　五月二十一日（月）

四月二十二日の同窓会（正しくは同期会）の翌日の夜、私のクラスで司会を務めた幹事に、ショート・メールで「今晩は。昨日は大変お疲れ様でした。幹事の御苦労様会をやりたいですね。いずれですが。林」と送った。すると彼女から「お疲れ様でした。本当に素敵な会になって良かったです。やはり幹事の皆さんお一人お一人がその役目をちゃんと果たされたからだと思います。慰労会やりましょうね」と言う返信を貰った。

次に当日の二次会担当の幹事にショート・メールを送った。「□□君今日は。○○小の林孝志です。同窓会では大変お世話になりました。幹事の御苦労様会を企画したいのですが、ご意見如何ですか?」と言う内容である。彼からも直《す》ぐに返信が届いた。「ご連絡ありがとうございます。還暦の会お疲れ様でした。御苦労様会大賛成です。何卒よろしくお願いします」。

数日後、最初に連絡した幹事（司会担当）から「今、△△君や□□君と相談しています。□□氏の山王祭（東京でも有名な神社の祭）のご都合もあり六月二十二（金）、二十三（土）、二十六（火）、三十（土）が挙がっています。火曜日が入っているのは▽▽さんの休みが取りやすいので。この候補の中から出席者の多い日で決めたいです。林君はどの日が大丈夫?　ダメな日は?　□□君が山王日枝神社の氏子《うじこ》（氏神が守ってくれる範囲に生まれた者‐岩波国語辞典‐この場合は「氏子代表」の意味）さんで江戸の三大祭りだから大変らしいの」と長文のメッセージが届いた。ショート・メールだから当然数回に分けてである。私は「今日は。わざわざご連絡ありがとうございます。六月はいつでも大丈夫です。林」と速攻で（笑）返信した。彼女からは「了解です」と返事が来た。

メッセージの中の「火曜日が入っているのは▽▽さんの休みが取りやすいので」というのは、私のクラスのもう一人の幹事（日々雑感「十一月」、日々雑感「同窓生」、日々雑感「神楽坂の夜の物語」）のことである。この気遣い！　涙が出るネ（笑）。

結局、「お店はまだでーす！　日にちは多分土曜日。二十三日か三十日。まだ決まっていなくてゴメンね」と言う連絡が入った。私は「おはようございます。さっそくの返信ありがとうございます。日にちが決定したら、◎◎さんにも連絡してあげてね。六月なら疲れも取れているでしょう」と返信した。代表幹事のことである（日々雑感「神楽坂の夜の物語」、日々雑感「還暦祝賀同期会」、日々雑感「還暦祝賀同期会・其の三」・軽井沢在住）。

そして五月十九日土曜日、私は登戸駅を降りて病院に赴いた。診察を終えて会計の呼び出しに時間が懸かったが、その際K氏を見掛けた。会計を済ませて、K氏と挨拶をした。リワークOB会の新年会に出られなかったことを詫び、「ビールの美味しい季節になったから」と呑み会の企画をお願いした。

更に何時《いっ》ものように二階に至る階段を上がったら、ドアの向こうにスタッフがいた。ラッキー。仕事で一階に降りようとしていたらしいので、「今一分いいですか？」と訊いたら「部屋に※※さんがいますよ」と言われた。ウッ。私は□□さんと話したいので（笑）、ずうずうしく三週分の「日々雑感」をお渡しした。「これは〇〇さんの机の上でいいのですね？」と言われたので「はい。こういう風に受け取って下さった方のお名前も出しているんですよ」と言った。□□さんが忙しそうなのでこれで失礼した。

還暦祝賀同期会・其の後　五月二十八日（月）

タイトルは「還暦祝賀同期会・其の後」であって、「其の五」では無い（笑）。同窓会（正しくは同期会）の幹事慰労会は、元々《もともと》は私の発案に拠る物である。アイディアは二月の幹事会（日々雑感「神楽坂の夜の物語」）が終わった頃から温めていた。ネックは代表幹事が軽井沢在住（日々雑感「還暦祝賀同期会・其の三」）なので、時期を考えないといけないことである。

本来なら彼女の意向を最初に確認するべきなのだが、あの時の様子（麹町での朝の会話・日々雑感「還暦祝賀同期会・其の三」）から、東京在住の幹事で計画を立てて、其の後に知らせた方が良いと判断したのである。今は幹事達が日取りの決定まで進めている。代表幹事に連絡したかは不明であるが。

さて五月二十三日水曜日に、私は国立新美術館に赴いた。去年・一昨年は自宅から徒歩で行ったのだが、今回はメトロ丸ノ内線と千代田線を乗り継いで乃木坂駅から向かった。一つの改札口が美術館専用になっていた。美術館に着いた頃には雨が降って来て、帰りは濡れる覚悟をした。その日に限って、折り畳み傘を持参していなかったのである。「備え有れば憂い無し」とは、良く言った物である。

「憂い」を抱きながら、或る団体の展覧会を拝見した。その展覧会は「絵画部」「工芸部」「写真部」から成っており、大きな団体の物と言える。毎年五月に年次会を行っている。幾つもの企業がスポンサーに付いており、受賞作の発表も併せて行う。「会員」「会友」「会員推挙」と作家の立場は様々だが、何《いず》れも力作ばかりである。

会場の国立新美術館は、リワーク時代に書道の先生の所属する団体の展覧会に行った場所でもある。あれから三年の月日が流れた。リワークのメンバーも殆《ほとん》ど「卒業」し、新しいメンバーで活動しているのだろう。以前この「日々雑感」を届けに病院の二階に上がったら、廊下に書道の展示がしてあった事も思い出される。

その日の夜、雨の降る中で私は銀座にいた。

久々の銀座である。例によってとあるビルの三階の扉を開けようとしたら、もう開いていてカウンター席に店のスタッフが座っていた。扉を開放して寒くない季節になったのであろう。寒い頃は、帰る時此の扉を開けっ放しにしないように気を遣ったものである。今日は他に客はおらず、私が一番乗りの形である。何時もの席に着き、初めてのホステスが二人付いた。ボトル（スコッチ）が残りわずかだったので、新たに一本注文した。

そうこうしている内に、客が一組、二組と来店し、ホステスも移動して何時《いっ》しか前回付いてくれたホステス（日々雑感「話題」）が一人になった。彼女曰《いわ》く、月曜日は暇である、と。

では来週の月曜日に来ると約束した。今まで私は銀座には月に一度のペースでやって来たのだが、それを敢えて破って来ることになる。

さて、私はある区勤務の頃の仲間と連絡を取り合っている（日々雑感「目黒の夜の物語、別篇」）。前回は三月だったので、今回は六月を考えている。場所は前回と同じく目黒になるだろう。あの時入れなかった店（日々雑感「目黒の夜の物語、別篇」）を、今度は予約しようと思う。

目黒の夜の物語・別篇其の二の準備、そして銀座　六月四日（月）

本日六月四日は「虫歯予防デー」である。発音からすれば「デイ」なのだが。

さて、ある区の勤務の際の元同僚達との呑み会は、六月二十九日金曜日になりそうである。場所は再び目黒。前回入店出来なかった店を予約しようと考えている（日々雑感「目黒の夜の物語、別篇」、日々雑感「還暦祝賀同期会・其の後」）。

そして五月二十八日月曜日、私は銀座八丁目にあるとあるビルのエントランスにいた。例の〝彼女〟（日々雑感「話題」、日々雑感「還暦祝賀同期会・其の後」）との待ち合わせである。彼女は時間より早目にやって来た。偉い。私はエレベーターのドアを押さえ彼女を先に通した。ボタンを押し到着した階に、彼女を先に降ろした。私が先に店の出入り口に達し、「予約していた林」と告げた。其処は例の鉄板焼きの店である（日々雑感「従姉妹、再び。そして、銀座」、日々雑感「別の従姉妹。そして、銀座」）。テーブル席に案内され、彼女はウーロン茶を、私は生ビールを注文した。乾杯してからグリーン・サラダと出汁巻き玉子、黒毛和牛のコロッケ、サーロイン・ステーキ一〇〇グラムを注文した。出汁巻き玉子は「塩を何時もより少な目に」と頼んだ。前回一人で来店した際、私が疲れていたのか塩味が強いのが気になったからである。出された出汁巻き玉子は、ちゃんと塩分控え目になっていた。最後にメニューには無いフォアグラを注文し、会計を頼んだら〝締め〟にしじみ汁が来た。何時もと同じである。

店を出て、彼女が勤める行き付けのクラブ（日々雑感「従姉妹、再び。そして、銀座」、日々雑感「別の従姉妹。そして、銀座」、日々雑感「話題」、日々雑感「還暦祝賀同期会・其の後」）に行った。車が通る側を私が歩いたのは言うまでもない。彼女は「日本の男性はまず出来ないです。エレベーターも先に乗るし、店にも先に入りますね」と言った。では私は「日本人」ではないのかナ？

店の扉は開いており、カウンター席に待機していたホステス達が振り返って挨拶した。最初何時もの奥まったテーブルに私のボトル（シーバス・リーガル）が用意されていた。最初に二人のホステスが私の席に付いたが、二人共初めての顔だった。やがて彼女も席に着き（三人の女性に囲まれたことになる）、乾杯した。その後団体の客が入店し、一人が其方《そちら》に移動した。私が帰る際、スパークリング・ワイン（シャンパンかも知れない）の栓を〝ポ

ン〟と開けて、「お誕生日おめでとうございます」と言っていた。エレベーターの中で

「次はあの団体の相手だね」と新顔のホステスに言った。月曜日にしては賑《にぎ》やかな夜である。

私は別れ際に、「来週は忙しいので、その次の月曜日に。ショート・メールでいいかな？」と尋ねたら、「はい。ご馳走様でした」と答えた。通りに面したフロアまで客を見送るのが銀座の作法である。中には通りに出て見送る店もある。

ところで六月の最大のイベントは、何と言っても「同窓会幹事慰労会」である。六月二十三日土曜日、場所は神楽坂である。次は二十九日金曜日の目黒での呑み会である。リワークの元メンバーの呑み会が何処に入るか？　Ｋ氏からの連絡待ちなのだが、ダブル・ブッキングにならないことを願うばかりである。恐らく六月か七月の金曜日になるはずである。七月は七日土曜日が「七夕の会」。十四日土曜日が二校目の同窓会がある。

呑み会の回数が多過ぎるって？　確かに。それに毎週火曜日は「定例会」がある。しかし、私は「深酒はしない」というスタッフの教えを守っています（笑）。

雨の日と月曜日は　六月十一日（月）

六月九日土曜日、私は病院で「処方外来」の診察を受けた。其処《そこ》で薬が朝夕共に二十八日分丸々残っている事を告げると、「今日は処方箋は出しません。次回の予約をして下さい」と言われた。予約を「四週間後」と希望すると、又ずれてしまうと言われ（主治医の先生が休み）、三週後の土曜日（六月三十日）と決定した。会計を済ませ（何時もより安い。当然か）、二階へと階段を上った。リワーク室は「家族ガイダンス会場」となっていて扉が閉められていた。調理室兼食堂にはデイ・ケアのメンバーとスタッフがおられた。卓球室にもメンバーとスタッフが活動しており、スタッフ・ルームの窓から覗くと予想以上のスタッフが仕事をされていた。其の中に△△さんもいたが、仕事中なので手を振るだけにした（笑）。出て来てくれたスタッフに三週分の「日々雑感」をお渡し、一階に降りた。此《こ》の日、此《これ》までで初めて薬局に行かずに登戸駅に向かった。

新宿までは急行で行き、「ビックロ」で同窓会（正しくは同期会・日々雑感「還暦祝賀同期会」）の写真の焼き増しを頼んだ。「写真担当」はプロ級がいたのだが（日々雑感「還暦祝賀同期会」）私は自分の為にカメラを持参していた。今では珍しいフィルム・カメラである。オート・フォーカスのはずだが、仕上がった写真は結構ブレていた。余程《よほど》興奮していたのかな。なので、良さそうな写真だけ安いアルバムに収め、個人を写した写真を焼き増しして、幹事慰労会（日々雑感「還暦祝賀同期会・其の四」）で配るつもりである。

次に伊勢丹の地下で「なだ万」の総菜を購入し、徒歩で自宅に戻った。炎天下の中、結構な汗をかきました。ふう（此の日、都心で初めての「真夏日」を観測した）。

そして六月十一日月曜日午後七時少し前、私はメトロ丸ノ内線銀座駅数寄屋橋《すきやばし》方面改札口付近にいた。此の日は「銀座東急プラザ」（オープンして一年経つか経たないか）の十一階にあるレストランを予約していた。其《そ》の店は「シドニー発ギリシャ料理」と銘打ってある。〝同伴〟の彼女は「お洒落なお店ですね」と感心していたが、メニューの文字が小さく照明も薄暗く（雰囲気を出そうとしているのは分かるが）、注文するのに手間が掛かった。其の店でデザートまでを食べ、雨の中を所謂《いわゆる》「高級クラブ」に向かった。

クラブには先客が一人いて、ホステス達を侍《はべ》らせていた。『雨の日と月曜日は』（カーペンターズの楽曲がある。〝RAIN DAYS AND MONDAYS〟）「お店は暇《ひま》なんです」と言う割には、お客が来ている。恐るべし、銀座の高級クラブ。

私は十時前には会計を済ませて店を出た。雨は上がっており、傘を差さずにメトロ銀座線新橋駅に向かった。私の係のホステスが見送ってくれたのは、言うまでもない。

翌日の私の携帯電話にショート・メールが届いた。「昨日はご馳走様でした。お洒落なお店と初めてのギリシャ料理！　とっても楽しかったです♪♪　ありがとうございました○」

次回はメニューがはっきり読める店を予約しようと思っています（笑）。

ダブル・ブッキング　六月十八日（月）

六月十三日水曜日正午が近付く中、私は新宿の「ビックロ」で写真の焼き増しを受け取った。同窓会（正しくは同期会）の写真である（日々雑感「雨の日と月曜日は」）。

焼き増しした写真を封筒に入れ、さて宛名を書くべきか付箋を貼るだけにするか迷った。宛名を書くとその封筒を転用出来なくなるからである。

取り敢えず其の日はどうするかを決めないで、行き付けのフレンチ（日々雑感1「従姉妹」）に行ってランチを摂った。店内は満席で、男性客は私を含めて三名のみ。大抵《たいてい》は土曜日に利用するのだが、水曜日は仕事を入れないので本日の利用となった。他のテーブルやカウンターにはスパークリング・ワイン（シャンパンかも知れない）のボトルが多く出ていた。珍しい。

さて、怖れていたことが現実となってしまった。

六月十四日木曜日の夜、私の携帯電話にショート・メールが届いた。リワークの元メンバーのK氏からである。

「ご無沙汰してます。〇〇です。今度、六月二十九日（金）に、久々にみんなで集まって飲み会をやります。場所は溝の口です。ご都合如何でしょうか？」

やはり六月二十九日金曜日だったか！　其の日は〝目黒の呑み会〟（日々雑感「目黒の夜の物語・別篇其の二の準備、そして銀座」）を予定している日である。

「今日は。連絡ありがとうございます。大変残念ですが、その日は先約があり、欠席致します。皆さんに宜しくお伝えください。林」と、泣く泣く返信を打った（泣いてないヨ）。

しかし全く残念である。

五月の段階で〝目黒の呑み会〟の設定を六月二十二日金曜日にしようかと、一瞬迷ったのだが、翌日が〝幹事慰労会〟（日々雑感「還暦祝賀同期会・其の四」、日々雑感「還暦祝賀同期会・其の後」）なので、呑み会の〝連チャン〟を避けたのが裏目に出た訳である。トホホ。

まあ、私がいなくても〝溝の口〟は盛り上がることだろう（笑）。

それにしても私がK氏に頼んだ〝呑み会〟（日々雑感「還暦祝賀同期会・其の四」）なのだが、この場合は優先順位を「優先」しなければならない（言葉遣いが微妙だが）。実は〝目黒の呑み会〟は、秋に企画する大規模な会の準備の為にセッティングした物なのである。

なので、〝溝の口〟が「林さんがいないから、真夏にもう一回呑み会をやろう」という雰囲気になってくれればこっちの物である。ふふ。

そう言えば、〝溝の口の新年会〟も参加出来なかったネ（日々雑感「漢詩」）。相次ぐ「林の欠席」にメンバー達は残念がるかナ？

「こぼれたミルクを悔やんでも仕方がない」と言うが、凡人である私には「悔やんでも悔やみ切れない」出来事となった。

神楽坂の夜の物語・別篇　六月二十五日（月）

六月二十三日土曜日、私は土砂降りの雨の中を「夏の勝負服」を着込んで神楽坂を上《のぼ》った。オーダーメイドのツー・ピース（リワークには着て行っていない。私はリワークには秋から春に在籍したので）にアルマーニのネクタイ（リワークには持って行った。帰る時、締めていることがあった。その際、メンバーのM氏から『林さん、今夜はどちらかにお出かけですか？』と尋ねられたことがあった）、七宝焼きのネクタイ・ピンとダンヒルのカフス・ボタン、ダンヒルのベルトにホーキンスの合成皮革の靴（リワークには履いて行った）、日本製の帽子（リワークに被って行った。但《ただ》し「東京ハット」の品では無い）にルイ・ヴィトンのパウチ、そして伊勢丹の手提げ紙袋を持参していた。

紙袋の中味は、四月の同窓会（正しくは同期会）の写真（日々雑感「雨の日と月曜日は」、日々雑感「ダブル・ブッキング」）が入っている。他に幾つか。此《これ》はまだ秘密です（笑）。

「幹事慰労会」の会場は坂を上って右の横丁を奥に入った所にある。「隠れ家風居酒屋」と銘打ってある（ウエブサイトを覗いたら、そう謳《うた》っていた）だけに、なかなか趣《おもむき》（情緒、雰囲気が良いこと）がある。「幹事慰労会」の「幹事」（お世話様です！）は良く探したものだと感心するような店である。

私が一番乗りで、あとから七名の幹事達が集合した。私のクラスの幹事（日々雑感「十一月」、日々雑感「同級生」、日々雑感「神楽坂の夜の物語」、日々雑感「還暦祝賀同期会・其の二」、日々雑感「還暦祝賀同期会・其の三」、日々雑感「還暦祝賀同期会・其の四」）は、仕事で来られなかった。残念。やはり火曜日の方が良かったのではないか？（日々雑感「還暦祝賀同期会・其の四」）

代表幹事（日々雑感「神楽坂の夜の物語」、日々雑感「準備」、日々雑感「還暦祝賀同期会」、日々雑感「還暦祝賀同期会・其の二」、日々雑感「還暦祝賀同期会・其の三」、日々雑感「還暦祝賀同期会・其の後」）は来た。勿論、軽井沢からである。御苦労様。

出席メンバーは女子が五名の男子が三名だった。合コンだったらいい比率だネ（笑）。

私は宴《うたげ》の途中で安いアルバム（日々雑感「ダブル・ブッキング」）に収めた写真を回覧した。個人の写っている写真は封筒に入れて別に持参したが、其の場では渡さなかった。

三時間後にお開きとなり店を出た。代表幹事はキャリー・バッグを転がしながらＪＲ飯田橋の駅へ向かった。他の二名（女子）も帰宅すると言う。其処《そこ》で残り五名で二次会に向かった。神楽坂では名の知れた居酒屋である。

其の店で私は個人の写っている写真を入れた封筒を、それぞれに手渡した。一次会では個人の写っている写真の無い幹事がいたのである。私が気を利かせて、同期会の折に幹事を一人一人撮影していれば良かったのだが、其の余裕が無かったのが実情である。

二次会の会計の際に、「林君に写真代を渡してあげて」との声があり、お釣りの金額の中から五百円頂戴しました。時刻は十時三十分を廻っていた。五時間呑み続けていたことになる（笑）。

伊勢丹の紙袋の他の中味と翌日のショート・メールの遣り取りや、残っている個人の写真をどうしたかは、次回に譲ります。

神楽坂の夜の物語・別篇、其の後　七月二日（月）

前回（日々雑感「神楽坂の夜の物語・別篇」）の最後に述べた「伊勢丹の紙袋の中味」は、私のクラスの幹事で司会担当の女子から頼まれた物である。それは四谷に店を構える老舗《しにせ》の佃煮屋の商品である。因《ちな》みに商品は「アミ」を二〇〇グラム、「アサリ」と「マグロの角煮」を一〇〇グラムずつである。「カツオの角煮」も希望されたのだが、三十年前に「マグロの角煮」に切り替えられたとの事。実は前回の幹事打ち合わせの会合（日々雑感「神楽坂の夜の物語」）で話題となったのである。私は彼女にショート・メールで確認をしてから購入した。

それから、まだフィルムを使い切っていないオート・フォーカス（のはず）のフィルム・カメラも伊勢丹の紙袋に入れてある。

そして、「残っている個人の写真をどうしたか」は、それぞれに手紙を書いて、封筒に写真を同封した。封筒の宛名書きは墨を擦り、筆で書いた。

「翌日のショート・メールの遣り取り」は以下の通りである。

まず私が「おはようございます。昨晩は大変お世話になりました。とても楽しかったです！　また、素敵な布巾をありがとうございました。林」と司会担当の幹事（女子。佃煮を言付《ことづ》かった）に送った。

更《さら》に、「おはようございます。昨晩は大変お世話になりました。とても楽しかったです！　また機会を作って呑みましょう。麹町か四谷で（笑）林」と二次会担当の幹事（日々雑感「還暦祝賀同期会・其の二」）と司会担当の幹事（男子）に送った。

すると、「おはようございます。昨晩は楽しい一時をありがとうございました。またお会いできる日を楽しみにしています」と、二次会担当の幹事から返信があった。

そして間もなく「おはようございます。此方こそありがとうございました。是非定期的に集まりましょう。〇〇」と司会担当の幹事（男子）から返信があった。

私はショート・メールも手紙（写真在中）も送らなかった幹事達には葉書を書いて投函した。

やがて、私の携帯に「写真ありがとうございました。ほどよいボケ具合が気に入りました。他のクラスのように一組も集まれたらいいのですが中々まとまらなくて」とクラス幹事（日々雑感「十一月」、日々雑感「同級生」、日々雑感「神楽坂の夜の物語」、日々雑感「還暦祝賀同期会・其の二」、日々雑感「還暦祝賀同期会・其の三」、日々雑感「還暦祝賀同期会・其の四」）からショート・メールが届いた。写真は無事だったらしい（郵送するのに紙を二枚重ねて折って其処に写真を挟んでおいた）。

また「お写真どうもありがとうございます。来年五月二十五日□□（中）同期会致します。こちらも区切りとなりますので宜しくお願いいたします。時節柄ご自愛下さい。◎◎」と代表幹事（日々雑感「神楽坂の夜の物語」、日々雑感「準備」、日々雑感「還暦祝賀同期会」、日々雑感「還暦祝賀同期会・其の二」、日々雑感「還暦祝賀同期会・其の後」、日々雑感「神楽坂の夜の物語・別篇」）からショート・メールが届いた（括弧《かっこ》以外原文のまま）。写真は軽井沢にも無事に郵送されたらしい。

目黒の夜の物語・別篇其の二　七月九日（月）

六月二十九日金曜日午後六時少し前、私は東京メトロ南北線の改札口前にいた。其の時、私の携帯に「目黒　中央改札にいます」と言うショート・メールが届いた。待ち合わせ場所を勘違いしているなとは思ったが、取り敢えず地上に出てJRの改札前に行った。一人を見付け、もう一人は私が待っていた南北線（東急線と乗り入れている）改札前にいるだろうと思い、携帯で連絡（通話による）して貰った。やがて、もう一人が現れて三人揃った。この間《あいだ》と同じ所じゃないの（日々雑感「目黒の夜の物語・別篇」）、ともう一人はちゃんと場所を覚えていた。

さて、前回入れなかった店に赴いた。今回は予約を入れていたので（日々雑感「目黒の夜の物語・別篇其の二、そして銀座」）、入店出来た。その際「御予約のお客様のみです」と言われた。流行っている店なのだろう。

まず生ビールで乾杯し、肴《さかな》に、茗荷《みょうが》、鹿尾菜《ひじき》、シーザー・サラダ、減塩枝豆（中国産で無いと良いのだが）、手羽先等を注文した。飲み物は角ハイボールをかなり追加注文した。

会計を済ませたのが午後九時過ぎ。三時間呑み続けていた訳である（笑）。

翌日、私は病院に行った。何時もなら新宿までは徒歩で行くのだが、時間が無いのと昨日の疲れで（二日酔いじゃないヨ）JRを使って新宿まで行った。其処から急行で登戸まで行くつもりが、快速急行が登戸に停車すると言う。リワークに通っていた頃、此《こ》の快速急行に泣かされた（本当は泣いてない）思い出があったので、駅員に「昔は登戸には止まらなかったよね？」と尋ねたら「三月のダイヤ改正で停車するようになりました」と答えられた。むむ、約四ヶ月間此の事実を知らなかったことになる。何か損した感じである。

そして病院に急ぐ途中で、コンビニエンスストア前でK氏が煙草を吸っていた。挨拶して時間が無い事を告げ、病院に急いだ。診察を終えたら待合室にそのK氏がいた。十時がK氏の予約した時間なのだが、前日の〝溝の口の呑み会〟（日々雑感「ダブル・ブッキング」）の二次会で帰宅したのが午前四時（！）だったと言う。診察に随分待たされているようで、急いだ私は（私の予約も十時なのだが）ラッキーだった訳である。

会計を済ませて二階に上がり、何時ものようにリワーク室、調理室兼食堂、卓球室を覗いて、スタッフ・ルームの窓口に向かった。中にスタッフがいて、出て来て下さった。三週分の「日々雑感」をお渡ししたら、「私の名前がありますね」（日々雑感「雨の日と月曜日」・目敏《めざと》い）といわれたので、「この前は〇〇さんにお渡ししようとした時に『部屋の中に※※さんが居ますよ』と言われて、ずうずうしく〇〇さんにお渡ししたんですよ」（日々雑感「還暦祝賀同期会・其の四」）と言った。男性より女性と話した方が楽しいからネ。

するとスタッフは「女性が好きな林さんらしいですね」と仰しゃった。エッ？　どうして知ってるの？　どの部分を読んでそう判断したのか？　それともリワーク時代から分かっていた事なのだろうか？　恐るべし、作業療法士！（笑）

エアコン　七月十六日（月）

私の部屋のエアコンが故障した。

数年前にも故障して、其の時はかなりの時間を掛けて修理した。今回は、エアコン其の物が古い機種で、室外機の交換する部品がもう無いと言われた。点検をしたサービスマン（ダイキンの社員）は個人的意見として「買い換えた方がお得です」と言った。

其処《そこ》で私は六月三十日土曜日の病院の診察（日々雑感「目黒の夜の物語・別篇其の二」）の帰りに、新宿の〝ビックロ〟に立ち寄りエアコン売り場で新型のタイプを購入した。そして古いエアコン取り外し・リサイクル回収・新機種取り付け工事費を含む金額を支払った。

七月四日水曜日午前中に〝ビックロ〟の契約店員が来て、私の部屋のエアコンを見て

「お客様の購入したエアコンだと、此のスペースでは収まりません」と言われた。もう一度店に行き、高さ（縦）二十五センチの機種を購入し直して下さいとのことであった。

私は直ぐに新宿に向かった。内心腹が立っていた。売り場に行くと担当社員がいない。其処で対応したのはメーカーの社員で、〝ビックロ〟の社員でないと分からないと言う。私は余計に腹が立った。「他にも用事があるからあとで来る」と言って、席を立った其の時に〝ビックロ〟の社員が来て、私は事情を説明して文句を言った。見積もりを出すのに少し時間が懸かると言うので、他の用事を済ませて、戻ってみると見積もりが出来ていた。高さ二十五センチのタイプのパンフレットがあり、価格を少し抑えることで同意した。それでも腹立たしかった。何故最初に私が来店した際に、エアコンと天井のスペースのことを訊かなかったのか？　客である私が、何故二度も店に足を運ばなければならないのか？

こういうことを、私は一番嫌う。プロならプロの対応をしてみろと言いたい。

結局、新機種の取り付けは七月十一日水曜日となった。それまで私の部屋は炎天下に晒《さら》されるのである。

七月五日木曜日、私は朝に自宅近くの信用組合に赴いた。

定期預金が満期を迎えたとの通知があり（三ヶ月前）、解約して普通預金に入金する手続きをする為である。その際窓口の行員が、「利息の良い物なので、何に遣われるのでしょうか?」と訊いたので「個人情報だ」と応えた。此《これ》にも腹が立った。顧客が自分の金を何に遣おうが、顧客の勝手だろうが。定期預金の利率が良いと言うが、以前に比べれば大した事ではない。顧客の金の使い道を知って、企業努力をするとでも言うのか? 金利は財務省と日本銀行の決定する所の物で、一地方の信用組合では何も出来ないのが現状ではないのか。此もプロの対応とは言い難い。

以前にも述べたが(日々雑感「暗証番号」)、私は銀行等に預貯金して金を増やすこと等出来ないと考えている。直ぐに遣うなら所謂〝箪笥預金〟の方が手間が掛からない。クレジット・カードの口座のみ潤沢にしてある。大きい金額の買い物はカードが一番である(日々雑感「還暦祝賀同期会・其の二」)。エアコンもそうである。

此の信用金庫には七月七日に満期を迎える定期預金と、七月十四日に満期になる定期と七月二十日に満期になる定期とがある。本来なら二十日に三つ総てを解約したいのだが(一度の手間で済む)、一つ一つ解約を行って、行員から解約の理由を訊かれたら、逆に捩《ね》じ込んでみようかと思っている。

七夕の会、再び　七月二十三日（月）

七月七日土曜日午後五時、私はＪＲ根岸線（京浜東北線）関内《かんない》駅改札口前にいた。「春・秋の勝負服」を着ている。オーダーメイドのツー・ピース、アルマーニのネクタイ、ダンヒルのネクタイ・ピン、グッチの革靴、日本製の帽子を被り、グッチのショルダー・ケースを肩に掛けている。

一年振りの「七夕の会」（日々雑感１「七夕の会」）が、横浜中華街近くのレストランで催されるのである。私は前日に〇〇先生と連絡を取って、少し早めに横浜に行き、〝軽く〟呑もうと思っていたのである。

横浜は思い出の地である。あの〝左利きの彼女〟と歩いて以来、此のエリアには余り足を運んでいない。此《これ》を心理学者なら、きちんとした学術用語で解説してくれるだろう。

「七夕の会」の受付開始は、午後六時十五分。開会は六時三十分である。それまでをＪＲ関内駅前の地下のビアホールで四十分くらい二人で呑んだ。店お薦めの〝プレミアム・モルツ〟のメガ・マイスターである。私が「先生、気が付きましたか？　此の店のスタッフは皆若い女性ですよ」。すると先生は摘《つま》みに〝セロリしらす〟を持って来たウェイトレスに「此の店は女の子ばかりだけど、店長も女性なの？」と訊いたのである。「店長は男性です」と言う応えに、私は「働くには良い環境ですね」と感想を言った。凡《およ》そ、元教員の会話としては相応しくない内容である（笑）。そして会計して（先生が殆《ほとん》ど出して下さった。こうなることは計算済みであった。目上の方には敬意を持って賢く接すること）、二人で会場となるレストランに足を運んだ。其処《そこ》は大桟橋に近い店で時代を感じさせるビルディング（〝ビルヂング〟という昔の表記に相応しい）である。もし一人で行っていたら、見逃してしまう場所にあった。

店内は混雑していて、我々のテーブルは二つに分かれていた。「七夕の会」では初めてのことである。二階は個室があるらしいのだが、料金が高いとのこと。乾杯も小さな声で行い、恒例の近況報告は行わなかった（日々雑感1「七夕の会」）。

私はこの会が、今回で一区切りを付けるということを聞いていたので、残念に思っていた。最後は会のメンバーだけで（今回の参加者は十八名）気兼ねなく色々話したかったのである。閉会も小さな声で行い、他の客に迷惑を懸けずに終了した。

私は他のメンバーと共にみなとみらい線日本大通り駅から地下鉄に乗った。途中、横浜駅で数人が乗り換えた。日吉駅で私は挨拶をして東急目黒線に乗り換えた。白金高輪駅で南北線に乗り換えて四ツ谷駅に辿り着いた。ふう。自宅に着いたのは十時三十分を廻っていた。

来年の「七夕の会」は、多分規模を縮小した形で行われるのではないかと思っている。年月を追う毎《ごと》にメンバーが増加して、逆に不参加者も比例しているのが現状だからである。一つの会を営々と営むことは容易《たやす》くは無い。それを思うと、「定例会」（日々雑感1「定例会」、日々雑感1「定例会への復帰」、日々雑感「練馬春日町の夜」、日々雑感「練馬の夜の物語」、日々雑感「四谷三丁目の夜の物語」）の特殊さ（！）が分かろうという物である。

蒲田の夜の物語　七月三十日（月）

七月二十七日金曜日午後六時十五分、私はＪＲ蒲田駅を降り立った。「○○先生を囲む会」である。「夏の勝負服」を着込んでいる。オーダーメイドのツー・ピース、アルマーニのネクタイ、ダンヒルのネクタイ・ピン、バーバリーのラペル・ピン、ホーキンスの合成皮革の革靴、日本製の帽子を被り、グッチのショルダー・ケースを肩から掛けている。ケースの中に〝東急ハンズ〟で購入した商品が入っている。

蒲田までは、まず王子神谷駅からメトロ南北線で溜池山王駅まで行き、其処からメトロ銀座線で新橋駅まで行き、其処からJR京浜東北線で蒲田駅まで来たのである。ふう。

蒲田駅西口から歩いて五分もしない所に其の店はあった。寿司を中心とした大手居酒屋チェーン店である。幹事の名前を言うと、奥の個室（掘り炬燵《ごたつ》式のテーブル）に幹事ともう一人のメンバーが先着していた。私は幹事に会費を払い、手前側の中程の席に座った。

瓶ビールでの乾杯で会が始まり、私は熱燗を注文したメンバーに付き合った。この会では珍しいことだが、肴が魚（洒落じゃないヨ）の時には日本酒が相応しい。宴の途中で幹事がセレモニーを宣言した。それは私に対する花束贈呈だった。「長年お世話になった林先生に感謝を込めて」ということで、有り難く頂戴した。メンバーの中にお花屋を経営している方がいて、其のお店の花束なのだが相当の額の花束であることは見ても明らかであった。私はこういうこともあろうかと〝ハンズ〟で購入しておいた物を、隣のメンバーに見せた。それは〝ミニ・カード〟と言うメッセージ・カードのセットである。好きな物を一つ選んで貰い（総て別々のデザインである）、次々とカード・セットは廻って行き、そして数も減って行った。最後に私の手元に廻って来たのは、本日ドタキャンしたメンバーの分一つであった。

先日の「七夕の会」（日々雑感「七夕の会、再び」）の懇談の会話から、七月二十七日の「○○先生を囲む会」がどうやら私への慰労会の性格を持つ物らしいと判断して、予《あらかじ》め返礼の品（高額にならない物。高額だと折角のプレゼントの意味が無くなるし、向こうも気にするので）を用意していたということである。

其の席で、次回の日程が決まり場所は横浜中華街の店となった。

会を締めて、二次会は「お約束」のカラオケである。メンバーの一人が帰って、九名で赴いた。

私は「365日の紙飛行機（AKB48）」「マドンナ達のララバイ（岩崎宏美）」「夢の途中（来生たかお）」「好きにならずにいられない（エルヴィス・プレスリー）」「襟裳岬（吉田拓郎）」、最後に皆で歌う「サライ（谷村新司・加山雄三）」を選曲予約した。何時もより明らかに曲数が多い。まあ、今日は特別である（笑）。

店を出たのが午後十一時。メンバーとは駅ビルの前で別れた。メンバーは東急線を利用する。私は先生とＪＲの駅の中で別れ、京浜東北線に乗り神田駅で中央線（もう此の時刻だと快速は無い）各駅停車で四ツ谷駅に戻った。自宅に御帰還は深夜零時を過ぎていた。ふう。

腹の立つ事　八月六日（月）

七月二十八日土曜日、私は病院に赴いた。

ＪＲ四ツ谷駅から中央線快速電車に乗り込んだら、座席は乗客で満席だった。少し移動すると優先席（プライオリティ・シート。以前は〝シルバー・シート〟と呼ばれていた）の男の客が横になって寝込んでいた。私は無性に腹が立って、持っていた傘で其の男の足を叩いた。男が気が付いたので「席を三人分も遣うんじゃねえよ！」と言って男が空けた席に座った。男が何か言って来たら応戦する気構えでいたが、男は座ったまま居眠りを始めた。ふん。前日の呑み疲れか睡眠不足なのかは不明だが、全くいい迷惑である。恐らく私以前に其処に座ろうとして諦めた乗客がいたはずである。だらしなく横になって眠っている男を起こすにはどうしたら良いのだろう？　私のように過激にやるしか無いのではないか？

病院では、診察の後会計を済ませて、二階に上った。何時ものようにフロアを一周してスタッフ・ルームの窓から中を覗いて見ると、スタッフが仕事をしていた。其処に別のスタッフの方が来て（調理室兼食堂でデイ・ケアの方と一緒にいた方）、持参した「日々雑感」をスタッフの机上に置いて欲しいと頼んだ。

薬局で薬を購入し、登戸駅に向かった。気温は三十度を超えているようで、グッチのショルダー・ケースに入れたペット・ボトルの飲み物を飲みながら、新宿駅に小田急の急行で向かった。新宿駅では何時もは南口改札を通過するのだが、今回は西口改札を使って地下道を東側に抜け、メトロ丸ノ内線新宿三丁目駅出口まで涼しい地下通路を歩いた。其の後は国道20号線（甲州街道）の一本南側の道を歩き、ビルの陰（余り無かったが）を利用して紫外線を出来るだけ避けた。帽子にサングラスをしていたのは言うまでも無い。

七月三十一日火曜日、勤務を終えた私は、メトロ南北線四ツ谷駅を出て「新道《しんみち》」（日々雑感「先輩」、日々雑感「四谷の夜の物語」）を歩いていた。其処で男が二人煙草に火を付けていたので、「路上は禁煙だぞ！」と大きい声で言った。此方《こちら》はサングラスをしていたので、相手は厄介な人物と思ったのかも知れず、「はい」と「うっす」の中間のような返事をした。しかしもう一人は聞いていない振りをしていた。どうせ私が歩き去った後も、煙草を吸い続けるのだろう。

新宿区は繁華街の歌舞伎町を抱えているにも拘らず、如何なる場所も「路上禁煙」を条例に定めている。私の発言は法的にも道義的にも客観的にも全く正しい。次に此の二人組を見掛けたら、煙草の火を消す所まで見届けようと思う。その前に「この前言っただろうが！」と怒鳴っているだろう。

自分だけ良ければそれで良しとする輩《やから》が以前より増えている。中央線でのシートに寝ていた奴や煙草の奴達である。加熱式煙草や電子煙草の開発で、喫煙者のマナーは逆に低下している。我が家の前の道にも、それ等の丸まった紙（最初は何の紙か分からなかった）が落ちていたことが複数回あった。従来の煙草の吸い殻は殆ど落ちていなかったのにである。

二〇二〇年の東京オリンピックに向けて、〝ノー・スモーキング・アット・パブリック・スペース〟が進行する中、喫煙者は片足を私有地（会社や商店）に置き、片足は歩道に置いてルール遵守の〝振り〟をしている。実に嘆かわしい光景である。私は「決めた事は例外を設けずに守る」のが民主主義の根幹《こんかん》だと思っている。

ワールドカップの検証　八月十三日（月）

サッカー・ワールドカップ・ロシア大会がフランスの優勝で終わって、二ヶ月以上が経過した。都立高校図書館に配架される雑誌の中で、「ナンバー」や「ワールド・サッカー・ダイジェスト」でも大会の総括の記事が続いていた。

其処《そこ》で私なりの分析と評価を、遅ればせながら行いたい。

まずは、大会直前の監督交代劇であるが、結果的には正しかったと言える。但し「結果論」なので、当時技術委員長だった西野氏が代表監督に就任するのは、筋違いとの論評があったし、筋論から言ってそれは正鵠《せいこく》を射た（物事の急所を正しく言う・岩波国語辞典）と言わざるを得ない。更に「技術委員長としての責任」の所在を問われることも止むを得ないであろう。であるので「正しい」とその時点で言えたことは、「日本人」の監督にした点である。それまでの代表監督には、オランダ人のオフト（「ドーハの悲劇」で有名。

懐かしいネ）に始まり、ブラジル人のファルカン、フランス人のトゥルシエ、ブラジル人のジーコ、旧ユーゴスラヴィア出身のオシム、イタアリア人のザッケローニ、メキシコ人のアギーレ、ボスニア・ヘルツェゴビナ出身のハリルホジッチ（総て敬称略）と、世界の〝ビッグ・ネーム〟を招聘《しょうへい》し続けて来た。言い換えれば、岡田監督以外は、「日本人監督」では世界に通用しない、という判断が日本サッカー協会にはあったのである。

西野監督になって〝コミュニケーション〟が確立されたという論評があったが、それなら此《これ》までの「外国人」監督は、〝コミュニケーション〟が取れていなかったのかと問いたくなる。通訳を介して結果を出した監督もいた（例えばベスト16入り）。単にハリルホジッチが代表選手の思いを汲み取っていなかったからなのか（事実、その種の論評が多数存在したし、監督解任の要因の一つに挙げられていた）。それなら監督の責任よりもサポートをする周り（例えば技術委員長、コーチ、通訳）の責任論になる。

日本サッカー協会は「世界に通用する」選手の育成に莫大な予算を掛けている。しかし「世界に通用する」指導者の育成にどれだけの時間と金を遣っているのだろうか？　西野監督は「急場凌《しの》ぎ」の〝リリーフ登板〟だった訳であるから、「日本人監督論」を展開するには、まだ地均《じなら》しが出来ていない此の時点では時期尚早《じきしょうそう》である。

さて予選リーグの検証に入るが、三敗もあり得ると言われた下馬評を覆《くつがえ》し一勝一敗一分け（勝ち点4）でベスト16入りを果たした。此の時点で「結果」は出たと言える。しかし、「内容」はどうであるか？　初戦のコロンビア戦では相手選手のレッド・カードの「一発退場」で数的優位のはずの展開で、一時は同点にされた。11人対11人では、日本は負けていたに違いない。二戦目のセネガル戦は、「勝ち点を取る」という命題を具現化した（勝ち点1）点で評価出来る試合だった。三戦目のポーランド戦は1点負けているのに、ボールを廻し続けて十五分間スタジアム中のブーイングを浴びた。

私はサッカーのような「点を取り合う」ゲームの醍醐味は、「得点（シュート）」であると思っている。勝ち点が同じ、得失点差も同じ、総得点数も同じ、直接対戦結果は引き分け（対セネガル）、だから〝フェア・プレイ・ポイント〟で差があるので、今相手をしているチーム（ポーランド）に「同点に追い付こう」としない姿勢は、それこそフェア・プレイとは言えないと考える。

三戦目のポーランド戦で、もし同点を狙いに行ったらスタジアムの観衆は拍手喝采をしてくれたかも知れない。勿論、ポーランドのカウンターに遭《あ》って2点目を取られていたかも知れない。しかし、仮定の議論をしてもこの場合は意味が無い（「意味のある」議論もあるが）。日本は同点を狙いに「前掛かり」に行くべきだった。あくまでも「勝ち点」に拘《こだわ》るべきであった。同時進行のもう一つの試合（コロンビア対セネガル）の結果は途中経過だけで、どうなるかは誰も分からない。西野監督はこのまま推移する（コロンビアの勝ち）と判断し、ポーランド戦で無理をしなかったとされているが、果たして此の決断は評価出来るのだろうか。

続・ワールドカップの検証　八月二十日（月）

賛否両論の予選リーグ突破（一勝一敗一分け・勝ち点４）で、日本は決勝トーナメントに駒を進めた。四年に一度のワールドカップで16ヶ国しか出られない試合である。此の時点でＦＩＦＡ（国際サッカー連盟）の世界ランキングを別にして、世界ベスト16なのである。勿論、ヨーロッパ予選で敗退したイタリアとオランダ等本戦に出場していれば、此の16ヶ国の顔触れは違った物になっていただろう。

何《いず》れにせよ、日本は世界ランキング第三位のベルギーと８強入りを目指して戦った。二点先取しながら、何故逆転負けを喫したのか？　日本が弱いからであるという単純な原因だけでは済まされない。ブロックを作る等してしっかり守り、逃げ切るという明確な作戦が採れなかったとも言える。今大会では、今までのサッカーの常識であるボール・ポゼッション（保持）の高さがチームの強さを現すという指針が通用しなくなったことが挙げられる。言い換えれば、試合の主導権を相手に預けても勝てる「戦術」が多く見られたのである。残念ながら、日本にはその「戦術」を具現化する、個々の能力や、集団の戦力、指導者の理念が無かった。日本以外の国で「守備からの一発カウンター攻撃」を行って勝利したチームが数多く存在する。それ等の母国のメディアからは「泥臭い」「美しくない」「サッカーではない」と酷評されていたらしい。しかし、例えば優勝したフランスは監督の下《もと》最後までブレずに戦い通した。惜しくも準優勝のクロアチアもプレイ・スタイルを変えずに戦い切った（モドリッチ選手等「黄金の世代」も今大会が最後と言われていた。同選手は準優勝国なのに、今大会のＭＶＰに輝いている）。

日本の場合はどうだろう。今まで通りボールを保持して縦又は横にパスを廻して、相手ディフェンスの裏を突くか、クロスを上げてペナルティ・エリア内で勝負するか、セット・プレイに活路を見出すかである。相手にボールを廻させるという危険な「戦術」を採ることが出来なかった。此の時点で既に世界水準から遅れているのである。それでも、ベルギーに勝つ（引き分け延長戦も含めて）チャンスはあった。１点返されてもまだあった。それはベスト16（予選リーグ突破）が目標だったからとしか、説明の仕様が無い。８強入りするには世界水準の「戦術」を身に着けて、その「戦術」を実施する能力（体力も含めて）を個々と集団が持たなければならない。何よりも指導者がその「戦術」を採用して、大会で発揮できるような「戦略」を持たなければならない。

日本の代表の主力は三十代、フランスその他の国の代表の主力は二十代前半である。如何に世代交替が成されているかである。決勝トーナメントで敗れたイングランドも、何時の間にか主力が若返っていた。但し、監督は長期政権なのである。日本のように大会毎《ごと》に「雇われ外国人監督」を招聘《しょうへい》していては、何時まで経っても「順調な世代交替」は実現しないだろう。

「戦略」があってこその「戦術」である（日々雑感１「方策」）。東京オリンピックは若手の台頭が文字通り具現化する場である。〝オーバー・エイジ枠〟を目指す元主力選手等は必要としないはずである。抑《そもそも》〝オーバー・エイジ枠〟などオリンピックには必要ないと思うのだが。冬季オリンピックでは若年層の年齢制限まで設けている。フィギア・スケートの浅田真央選手は此《これ》でトリノ大会に出られなかった。本来オリンピックは、「世界の若者の祭典」なのではないか？

逆に言えば〝ロートル〟は去れ、後進に道を譲れ、と言いたい。此のような意識こそが長期的な「戦略」を形作り、強敵相手の「戦術」を準備出来るのではないだろうか。

腹の立つ事・2　八月二十七日（月）

八月十一日土曜日（山の日）の昼前、私は〝カフェ・ヴェローチェ新宿三丁目店〟に入り、アイス・コーヒーを注文した。此の日はアイス・コーヒーMサイズの値段でLサイズに増量出来るサービスがあった。当然、私も増量したアイス・コーヒーをトレイに載せて、先に確保しておいた席に着いた。「先に席を確保する」遣り方は、病院へリワークに通っていた時に登戸駅下の〝ドトール・コーヒー〟で学（？）んだ事である。

私の隣は学生（高校生か専門学校の生徒かは分からない）二人が、三つのテーブルを繋《つな》げて占領して何やら勉強していた。私がアイス・コーヒーをゆっくり飲む間に、何人かの客がその席を見て、諦めて別の席を選んでいた。店員も三回店内を見廻りして此《こ》の状態に気が付いていた様子であった。しかし、注意をしなかった。私は又しても腹が立った。最近、腹の立つ事が多過ぎる（日々雑感「腹の立つ事」）。

　私は、「ねえ君達、二人で三つのテーブルを占領するのはおかしいだろう？」と声を掛けた。相手が何か言うのを遮って、「詰めれば済む事だろ？　それともこういう事は学校で習って無いのか？」と決め付けた。相手の一人は私に謝り、二人してテーブルの上の物を整理して、一つのテーブルを空けて元の位置に戻した。

　学生がコーヒー・ショップで勉強する事の是非は問わない。大人でもノート・パソコンやタブレットで仕事をしている。電車の中でもお構いなしという者も多い。問題は、電車内でもコーヒー・ショップ内でも他の客に迷惑を掛けているかどうかである。

　その点を当事者に指摘する事は、或る意味「大人気無い」かも知れない。しかし、我慢する必要もない事である。

　そして八月十九日日曜日の夕方、私は買い物をする為外出した。自宅付近の通りで、若い男が二人煙草に火を点けていた。私は「路上禁煙だぞ！　其処に貼ってあるだろうが！」と怒鳴った。その時も私はサングラスを掛けていたので、厄介な相手だと思われたかも知れない（日々雑感「腹の立つ事」）。二人の内一人がそのステッカーを見たらしく、「あ、そうだ」と言って場所を移動した。もう一人も同じようにそそくさと移動した。移動と言っても、一方通行の歩道の更に奥の私有地にである。日々雑感「腹の立つ事」に書いたように、その行為も道義的には許されないものである。何故なら、煙草の煙は歩道（公的な場所）に流れて来るからである。

新宿区の歩道には、彼方此方《あちらこちら》で路上禁煙のマークが描かれている。私有地の壁や電信柱には同じくステッカーが貼られている。此のステッカーは新宿区役所地域課で無料で配布されている。

条例で路上禁煙が定められている以上、総ての者が守るべきである。知らなかったでは済まされない。少なくとも新宿区民と新宿区内に勤めている者は、条例を遵守《じゅんしゅ》する義務がある。

愛煙家のマナーに期待出来ない現在、マナーを正《ただ》す動きが必要であろう。大変残念で、嘆かわしい事ではあるが。

住居表示変更　九月三日（月）

私の住所は「東京都新宿区○○町△△番地」だった。

それが、平成三十年八月十三日を以て「東京都新宿区△△町□□番※号」に変更となった。

此に伴《ともな》い、新宿区から「住居表示関係書類在中」という大型の封筒が届いている。中味は「地域の皆様」という区長からの文書一枚、「配布物一覧」という区からの文書一枚、「住居表示実施に伴う手続きの手引き」という区のパンフレット（16ページに及ぶ）一冊、「登記申請書（継続用紙含む）」二枚、「住居表示新旧対照案内図」（B２判）一枚、区発行の「通知書」十部（区長の公印が捺印されている）、日本郵便株式会社より「住居表示変更通知」という無料葉書五十部、「住居表示ニュース第18号」というチラシ一枚が入っていた。

父が無料葉書を使って何通か親戚に出したのを待ってから、私も去年年賀状（今年は喪中で年賀状の遣り取りはしていない）を頂いた方々へ無料葉書を書いて投函した。

更に「通知書」一部を持参して保健センターに赴いて、自立支援申請更新手続きを行った。その際、国民健康保険証は新しい住所の物が郵送されるということを聞いた。

八月二十五日土曜日、私は病院で診察を受けるべく新しい保健証を持参してＪＲ中央線快速電車に乗った。前回のように優先席でだらしなく寝ている客は無く、混んでいたので立ったまま新宿駅に着いた。其処から小田急快速急行（一応登戸駅に停車することを電光掲示板で確認して。日々雑感「目黒の夜の物語・別篇其の二」で登戸駅まで行った。登戸駅から炎天下を病院まで歩いた。サングラスに帽子（デニム生地の日本製）を被っている。

受付を済ませ待合室で雑誌を読んでいる時、グッチのショルダー・ケースに日々雑感を入れていなかったことに気が付いた。何という失態！　連日の暑さで、集中力を切らしたか。と言う訳で、此の日は会計の際に住居表示の変更を伝え、二階に上がらずに薬局でも同じように住居表示変更を伝え、薬を買って帰った。二階に行けば誰かしらと話が出来ただろうに。次回の診察の際に八週分の日々雑感を持って行くことになる。

ところで此の「住居表示変更」、此は「行政」の側の都合で起きた事案である。にも拘らず、該当する住民（例えば我が家）に、様々な手続きを強要している。無料葉書も、相手の宛名・自宅の新住所・自分の氏名は総て手書きである。切手を貼らなくて良いから、良いサービスだと思っているなら「行政」の大間違いである。「行政」とは公《おおやけ》への奉仕者なのである。「お役人様」と威張って、阿《おもね》られる時代はとっくに終わっているのだ。

病院等の医療機関への住居表示変更は御自分で行って下さい、と面倒なことは本人任せにする所は「行政」の最大の驕《おご》りであり、そんなことなら元の住所のままで良しとする議論が起きてもおかしくはない。区は何回か説明会を開催し、住民の理解を求めたようだが、説明会を開いても仕事で出席出来ない住民の声をきちんと聞いたのであろうか？　説明会に出ていないから意見も言えないでは、話にならない。

勤務地の変更、再び　九月十日（月）

九月から水曜日・木曜日・金曜日の勤務地が変更になった。水曜日は父の「訪問看護」（現在は行っていない。父の年度更新の際に介護認定で「要介護」から「要支援」になった為に、サービスが受けられなくなった）と通院の付き添いで仕事を入れなかったのだが、月一回の通院の日だけは仕事を休むという条件で勤務変更になった。

勤務地は江戸川区にあり、最寄りの駅は都営地下鉄新宿線「篠崎駅」である。其処からバスで「スポーツランド入り口」まで行き、徒歩五分である。江戸川の川縁《かわべり》に位置し、ゼロ・メートル地帯の中にある。自宅からは、メトロ南北線四ツ谷駅から市ヶ谷駅まで行き、其処から都営新宿線に乗り換えて十六番目の駅となる。此の高校は二年前に一回研修で行ったことがある（日々雑感1「研修」）。

勤務時間は十二時三十五分から十六時五十分までで、結局月曜日から金曜日まで総て午後からの勤務となる。土曜日は月二回ほど、八時三十分から十三時三十分までの勤務がある。此のシフトは、私の病院の診察日と重ならないようにしてある。

父の介護認定が「軽くなった」ことは、喜ぶべきなのであろうが、「訪問看護」が受けらなくなったのは、正直言って不満であり不安である。父のような高齢者（後期高齢者）の場合、週に一度でも緊張する場面（例えば心音・血圧測定）があった方が絶対に良いはずだし、自分の健康状態を第三者から確認して貰えるのであるからだ。このサービスは勿論無料ではない。しかし父が入院して（日々雑感「父の入院」）、転院して（日々雑感「父の転院」）、退院して（日々雑感「父の退院」）からの自宅での生活（リハビリも含めて）に於いて「訪問看護」は非常に意味ある「介護システム」だったと思う。

実は、先日父が自宅の庭で紫陽花《あじさい》等の剪定《せんてい》を行っていた処、後ろにひっくり返って立ち上がれなくなって仕舞った。一階のリビングにいた兄が、父の姿が見えないのでカーテンを開けて外を見ると、父が仰向けのまま手足を動かしていたと言う。兄は庭に出て、父に手を差し伸べたがなかなか起き上がれなかったらしい。私はその場に居合わせなかったので、あとからそのことを聞いて父の主治医の医院に赴き、その出来事を看護師に伝えた。その日は父の診察日で、父は尿検査をしていた。恐らく採血もするのだろう。しかし、庭で「尻餅をついた」事は主治医には言わなかったであろう。「ひっくり返った」と「尻餅をついた」では、大分《だいぶ》ニュアンスが違う。何れにせよ此方《こちら》が気を付けておかないと、同様の事態が起こるだろう。

幸か不幸か週日午前中は私が自宅にいるので気を配っておけるし、土曜日は午後は私が自宅に戻っているので心配は無い。とは言え、私が勤務している（自宅と勤務先との往復も含めて）六時間ほどが心配である。

保健センターの「後期高齢者相談センター」（日々雑感「父の退院に向けて」）に行き相

談した方が良いかも知れない。「専門のことは専門家に任せる」と言うのが私の数少ない信条である。

午前中の時間を今こそ有効活用する時が来ているのかも知れない。

水曜日の出勤　九月十七日（月）

さて九月五日水曜日、私は一年五ヶ月振りに水曜日の出勤を果たした。九月からは水曜日・木曜日・金曜日の勤務地は別の高校である（日々雑感「勤務地の変更、再び」）。初日の五日は、都営地下鉄新宿線の篠崎駅から徒歩で勤務地へ向かった。ウェブサイトの「学校案内」で「篠崎駅から徒歩二十分」と記してあったので、それなら以前の勤務地と余り変わらないと判断したのである（以前の勤務地はメトロ南北線王子神谷駅から徒歩十五分・日々雑感「火曜日の勤務地の変更」）。初めて歩く道なので、かなりの余裕を持って出掛けた。昼間の出勤なので、電車内は混雑はしていなかった。

余裕を持って出掛けたはずも、到着したのは勤務開始時刻ぎりぎりであった。持参した上履きに履き替え、経営企画室（事務室）に挨拶して、図書室に向かった。校舎全体を新築したようで、図書室も新しくなっていた。引っ越しの為に書棚の書籍が分類記号順（日本図書十進分類法による）には並べられておらず、書棚の一段毎《ごと》に、分類記号順に並べ直す必要がある。

私の最初の仕事は、この書籍を定められた書棚の位置に収めて行くことだった。書籍の背表紙の下の部分に貼ってある三段ラベルを確認しながらである。三段ラベルの一段目には「日本文学・小説」の場合、「913」で、二段目は著者名の頭文字が五十音順で片仮名で表記されている。「林」なら「ハ」である。三段目には「巻数」が算用数字で示されている。一巻目なら「1」二巻目なら「2」というように。上巻・下巻も同じ数字を遣う。従って三段目が空欄の書籍も多い。

これがもし〇〇さんが専門分野の本を書いたら、「臨床心理」に関することになるので一段目は「146」になり、二段目は「〇」、上下巻になる大著の場合は三段目が「1」若《も》しくは「2」となる。

次に△△さんが本を書いたら、「看護」に関することになるので、一段目は「492」になり、二段目が「△」となる。

最後に、□□さんが「精神保健福祉」に関する本を書いたら一段目が「３６９」、二段目が「□」、一巻から四巻までの本なら三段目は「１」から「４」となる。皆さんの専門分野が違うということですね。

腹の立つ事・3　九月二十四日（月）

八月三十一日金曜日、私は以前の勤務地の最後の勤務に赴いた（日々雑感「勤務地の変更、再び」）。メトロ南北線王子神谷駅を出て、コンビニエンスストアに入りサンドウィッチを購入した。そしてイート・イン・コーナーに行き奥の方の椅子に座った。手前の椅子の二つに四人の高校生が集まり、ゲームをしていた。私がサンドウィッチを食べ終わっても、彼等は動こうとしなかった。私は又しても腹が立ち、「ねえ君達、遊ぶんだったら他《よ》所《そ》でやれよ」と注意した。高校生達は大人しく引き上げた。恐らく場所を変えてゲームの続きをするのだろう。問題は彼等がこれまでもコンビニエンスストアで遊んで来たに違いなく、初めて私（他人）に注意されたであろうということであった。日本の将来を担う若者達が此の体《てい》たらくである。実に嘆かわしい。私はレジの店員に「イート・イン・コーナーで高校生達がゲームで遊んでいたぞ。今日は俺が注意したけど、店の者がもっと注意していなけりゃ駄目でしょ」と苦情を言った。「苦情」と述べたが、これは正当な発言である。店員は「申し訳ありませんでした」と言ったが、私は此の店を使うのが最後なので、店側が高校生のマナーに何処《どこ》まで関わるのかを知ることは無い。

そして九月二十二日土曜日、私は新宿まで徒歩で行った（ちゃんと運動しているヨ）。新宿駅から小田急の急行で登戸駅まで行った。病院まで又《また》徒歩である。午前十時が私の診察予約時刻である。診察を待つ間に尿検査と採血も行った。診察のあと会計を済ませて、何時ものように二階へ至る階段を上った。何時もと違うのは日々雑感を八週分も持参したことである。前回の診察の際、日々雑感を持参するのを忘れたからである（日々雑感「住居表示変更」）。実は此処《ここ》数週間、グッチのショルダー・ケースに日々雑感を入れっぱなしにしていたのである。つまり職場にも持参していたのである。勿論、取り出すような真似はしなかった（笑）。兎に角、此《こ》の日（九月二十二日）に忘れたくなかったというのが正直な処《ところ》である。

スタッフの方に八週分の日々雑感をお渡しして、薬局で四週分の薬を購入して登戸駅に向かった。エスカレーターでホームに上った時に新宿行きの快速急行がドアを閉める直前だった。所謂《いわゆる》「危険」な〝駆け込み乗車〟である。

此の電車内で、赤ちゃんを連れた夫婦者がいて、案の定《じょう》赤ちゃんがむずかり出して、神経に障る声で泣き出した。これが成城学園前駅から新宿駅まで続いたのである。「赤ちゃんは泣くのが仕事」とは言え、「何とかしろよ」と言いたくなる。親としての責任をどう考えているのであろう。此の日は、私は黙って耐えた。只《ただ》此のような事例は昔（私が子供の頃）は無かったと記憶している。私の親の世代は、小さな子供連れで外出は控えていたのである。小学生の低学年でやっとデパート（正しくは百貨店）の大食堂で〝お子様ランチ〟が食べられたのである。この辺の事情は、ある程度の年齢を重ねていないと分からないだろう。

続・父の転所に向けて　二〇一九年二月八日（月）

二月六日土曜日、私は土曜日勤務を終えて予定通り〝〇〇園〟に向かった。東京メトロ南北線で本駒込駅から飯田橋駅に戻り、メトロ東西線に乗り換えて高田馬場駅まで辿り着いた。飯田橋駅の乗り換えが、自分の記憶と違ってかなり長く歩いたし、高田馬場駅の改札から地上までも記憶以上に時間が掛かった。駅から地図と住所表示を見ながら、何とか間違えずに〝○○園〟の看板を発見した。そして付近に唯一存在するコンビニエンスストアでお握り二個とお茶のペット・ボトルを購入して、道端で食べた。

約束の午後三時前に〝○○園〟の玄関に入ったら職員が出迎えて、スリッパに履き替えるように言われた。そして相談室に通されて、担当者が三時まで手が空かないので暫くお待ち下さいと言われた。

担当者は三時少し前に現れ、自己紹介をして諸々の説明を受け契約に至った。其の間、今までの父の入院歴を私が説明し、数多くの病院に世話になったことを伝えた。○○病院、△△病院、□□病院、◎◎病院等である。そして私が持参した父の後期高齢者医療被保険者証・介護保険被保険者証・介護保険負担割合証をコピーして、入所当日（二月十一日木曜日・建国記念の日）にもう一度持参するように言われた。併せて、診察券も「総て」持参するようにとも言われた。此れ等は入所時に〝○○園〟が総て預かるということである。私はそれを聞いて、お薬手帳も持参しようと思った。

契約は多種の書類を確認し、その都度父の署名を代筆し捺印、私の署名・捺印と進んで行った。緊急連絡先の優先順位では、自宅の固定電話を一番とし、二番は兄の携帯電話、私の携帯電話を三番とした。私は「携帯電話が取れない職場」であることと、〝※※園〟との電話の遣り取り（正確には〝行き違い〟）で嫌な思いをした事を告げて〝予防線〟を張った。職員は「宜しければどんな職場なんですか？」と訊いて来たので、「都立高校の学校図書館」と応えた。それで納得したようであった。私は更に幾つかの出来事を紹介して、私がある意味での〝クレーマー〟であることを印象付けた。〝※※園〟の組織としての問題点を語ったのである。

その〝※※園〟を、入所当日は午前十時三十分に出発して十一時に〝〇〇園〟に到着。此の日は父の部屋まで我々も行くことが出来ると言う。部屋には箪笥等が無いので、購入すること、午後に担当者全員との会議が三時から予定されていることを告げられた。

当日は兄と共に高田馬場駅周辺まで戻って、昼食を摂ることになるだろう。箪笥のような家具（多分、組み立て式の物）も購入することになる。結局〝一日仕事〟になりそうである。改めて「父の入所を二月十一日・祝日にしておいて良かった」と思った。

〝〇〇園〟での打ち合わせを終えて、何種類かの書類を受け取った。その中には契約に関する書類も含まれている。私はそれ等をグッチのショルダー・ケースに入れて、高田馬場駅まで戻りＪＲ山手線で新宿駅に行き、ホームの反対側に入線した総武・中央線各駅停車に乗り換えて四ツ谷駅に辿り着いた。ふう。

あとは当日を待つだけである。

父の転所　二月十五日（月）

二月十一日木曜日・建国記念の日、私と兄は〝※※園〟に十時前に赴いた。検温をして、父の部屋まで行った。父はベッドに横になっており、私達に気が付いたようである。何しに来たのかと思ったかもしれない。移動することを伝え、ダウン・ジャケットと冬用のハンチングを被らせ、自宅から持参したマフラーを首に巻かせた。靴を履き車椅子に座らせて、荷台に載せた大量の紙袋と共にエレベーターで一階に降りた。洗濯物を入れたビニール製の手提げ袋だけを置いて行った。

玄関で暫く待つと、介護タクシーが到着した。父は車椅子を乗り換えて、リフトで後部に納まった。助手席には五つの紙袋（父の着替えやタオル類が入っている）が重なっており、私はその後ろの席に、兄は父の横の席に着いた。私は〝※※園〟の職員に一切挨拶しなかった。

介護タクシーは新宿通りに出て外苑東通りから明治通りを右折し、諏訪通りを左折して〝〇〇園〟に到着した。運転手は私の告げた道順は「少し遠回りになる」と言ったが、私は構わなかった。〝〇〇園〟の車椅子に乗り換えて、私は運転手に四千八百六十円を支払った。私達は職員に案内されて、三階に上がった。「三丁目一番地」と言う部屋に入り、父はベッドに横たわった。私と兄は荷物を整理して、一旦外に出た。高田馬場駅付近の餃子定食屋で昼食を摂り、〝ドン・キホーテ〟で組み立て式の棚（木製）と籠三つを購入し、時間調整の為に〝ルノアール〟で一息吐いた。

会議の時刻より前に〝〇〇園〟に戻り、父の部屋で購入したばかりの棚を組み立てた。そしてオープン・スペースで、担当職員との打ち合わせを行った。福祉相談科係長、介護支援要員（ケア・マネージャー）、栄養士、看護師、作業療法士と私と兄の七名で行われた。

長い打ち合わせが終わって、私と兄は父の部屋に行き挨拶をして〝〇〇園〟をあとにした。歩いて高田馬場駅に行き、ＪＲ山手線で新宿駅に行き総武・中央線各駅停車で四ツ谷駅まで戻った。私は駅前の複合商業施設〝コモレ四谷〟の中のスーパー・マーケット〝ライフ〟で夕食の惣菜を購入した。兄は〝※※園〟に置いて来た洗濯物を取りに行った。

　このようにして父の転所（恐らく最後の）が終わった。途中〝ルノアール〟で休憩していたから良かったものの、予想通りの〝一日仕事〟となった。ふう。

〝※※園〟の父の部屋に「日本地図テスト」（日本地図を見て都道府県名を答える）が貼ってあった。父の答えは総て正解で「満点」だった。他にも「計算テスト」もあり、此れ又「満点」だった。父は「要介護４」だが、所謂「認知症」では無いと思われる。自宅に居た時、薬を飲み忘れるとか昼食を摂り忘れることもあったが。あと、自分だけで動こうとした（それで転んだ）と言われたが、それは施設の責任だと考える。私が〝※※園〟の職員に挨拶しなかったのには、此のような行きさつもあったからである。

〝新型コロナ・ウイルス感染〟が収束しなければ、〝〇〇園〟でも面会は許可されない。今回久々に父と会ったが、随分小さく軽くなったと思った。

健康診断の結果　二月二十二日（月）

先日、封筒で健康診断の結果が届いた。

以前にも記した事だが、近年チェックが多くなっている。今年はどうなっているかと書類を開いてみると、「総合判定」で「異状あり」であった。「異常あり」は「その他」の項目で「眼科」と手書きされて「D」（要受診）となっていた。「眼底検査」の項目に「その他」とあり「右：細脈絡膜委縮」と記入されていた。今まで此のような診断を受けた事が無かったから、本当にショックだった。あとは「呼吸器疾患」の項目が「A」（経過観察）となっていた。「メタボリックシンドローム判定」は「3．非該当」だった。

「総合判定」の「血圧」「脂質異常症」「糖尿病」「貧血」「肝疾患」「アルコール性」「腎機能障害」「高尿酸血症」「心疾患」は「A」「B」「C」「D」の何れにも〇は付いておらず、其処は安心した。昨年度では「糖尿病」「貧血」「腎機能障害」「心疾患」に「A」の箇所に〇が付いていたからである。因みに「B」は「医療機関での再検査」、「C」は「管理・

治療中」である。

さて、「右：細脈絡膜委縮」には驚いたが、思い返してみると最近コンタクト・レンズの装着を再び始めていたのが、右眼だけ何らかの影響を受けていたのかも知れない。何れにせよ、痛み等の自覚症状は全く無い。其処で二月二十二日に眼科の予約を取ろうと思っている。確か何処かに眼科医の診察券があったはずだが。当日までに探し出さなければならない。

「呼吸器疾患」は「胸部エックス線のみ」で「自己負担」のものを受診した（昨年度・一昨年度も）。此れは「新宿区肺がん一次検診票」の「総合判定」で「2」に○が付いており、「経過観察」の項目に何やら所見が書かれていたが、私には判読出来なかった。私は高校生と大学生の時に「自然気胸」に罹っており、その時の記憶が（左の肺の違和感）急に蘇って来た。その際は、何れも「自然治癒」している。言い換えれば、手術をせず完治しなかったとも考えられる。それ以降たまに左の肺に違和感を覚えることがあったのは事実であるが、「定期健康診断」の「胸部エックス線検査」で引っ掛かったことは無い。尚最近三年間に私が受診した「肺がん一次検診票」の「総合判定」の「1」は「異常認めず」で、「2」は「経過観察」と「肺がん以外の精査必要」で、「3」は「要精検」となっている。昨年度は確か「1」の「異常認めず」だった記憶がある。昨年度は此の「総合判定」の書類をそのまま会社に郵送したので、手元に無いのである。今年は、コピーを取って（領収書も一緒に）出勤簿と共に郵送する手筈になっている。

それにしても、今年「糖尿病」「貧血」「腎機能障害」「心疾患」にチェックが無かったのは、何が原因だったのだろうか？　食習慣と適度の運動・質の高い睡眠あたりが考えられる。只食事に関しては、肉は食うわ昼から酒は飲むわ（大抵は赤ワイン）、野菜を余り摂らない等、正直良い結果が出るとは思っていなかった。唯一、日本酒を飲まないという点は「糖尿病」の『予備軍』にならない為に心していた。ワイン・ビール・焼酎・ウイスキーを飲むようにして来た。正月元旦にカップに一杯清酒を〝御祝〟として飲んだだけである。只此の食習慣（飲習慣？）は、昨年も一昨年も同様だったはずであるが。

来年の健康診断までは安心出来ない、と考えている。

眼科検診の結果　三月一日（月）

二月二十二日月曜日、私は「○○眼科」に午前九持四十五分に電話した。此の時刻が受付開始だからである。古い診察券を探し出し（！）、番号を言って用件を述べた。午前十時三十分に予約を入れて、少し前に医院を訪れた。院長から「学校で健康診断を受けていますよね」と言われたので（私が教員時代に〝ものもらい〟で受診していた）、今は退職しているので、区の健康診断を受診した事を述べた。コンタクト・レンズを使用していると告げると、それを持って来て欲しいと言う。最初から持参すれば良かった。此の日は眼鏡を掛けている。止むを得ず自宅に戻ってレンズと保存液・タンパク質分解溶液も一緒にして、医院に取って返した。受付に戻ったことを伝えると、程無くして名前を呼ばれた。其処からが何種類もの検査が続き、コンタクト・レンズを装着しての検査もあった。レンズを嵌めるのには手間取らなかったが、外すのにえらく時間が掛かった。鏡が何時もの位置と違っていたからである。医院のスタッフはすぐ其処で待っているし、焦れば焦るほど時間が掛かった。最終的に椅子に座ると、鏡が自宅と同じ位置になりレンズを外すことが出来た。ふう。

その後会計に呼ばれ、所定の金額を払った。その際、検査結果を訊くと、受付のスタッフの勘違いで、此れから院長の説明があるとのことだった。程無くして院長に呼ばれ、

「結論から言えば問題ありません」と告げられた。その時、「コンタクト・レンズをしたから右目に異常が出来たのではないか」という不安が一瞬にして晴れた。「コンタクト・レンズをしてはいけなくなるのではないか」という不安も同時に解消した。私はコンタクト・レンズを再び装着し始めた理由を、「〝コロナ〟の影響で、マスクをすると特に電車の中で眼鏡が曇るから」と説明した。週の半分は眼鏡、半分はコンタクトだとも言った。院長からは「そのくらいの割合なら問題ありません」と〝御墨付き〟を頂いた。

安心したのは良いが、それにしても大掛かりな検査で費用も馬鹿にならない。私は「健康である事」に所定の金額を支払うのには抵抗がある。〝人間ドック〟を申し込まないのも、〝がん検診〟（共に有料）を受診しないのにも、此の「健康である事」に金を掛けたくないからである。

結局、私が医院を出たのは正午過ぎで、一旦自宅に戻り檸檬を持って荒木町の定食屋に赴いた。久々に〝トマトのビーフ〟とグラスの赤ワインを注文して、会計の際に檸檬の入ったビニール袋を渡した。檸檬はあと一回の収穫になると思われる。木の高い所に実が生っているので、どのようにして収穫するか問題である。

午後は堺屋太一・著の『豊臣秀長』を読んだ。此の著作は私が勤務先の図書室に入れた物で、それを正規の手続きをして借りているのである。豊臣秀長は「名補佐役」という位置付けで、後に「表向きの事は秀長に、内向きの事は利休（千利休）に」と言われるほどの人物である。最終的に「大和大納言」となり、彼が若し長生きしていたら「朝鮮出兵」のような出来事は起こらなかったに違いない。関ヶ原の役も無かった可能性もある。彼は兄・秀吉の陰に隠れて、戦国史に名を残す事著しく少ない。しかし読んでいて、成程と思う所大である。

不安の解消　三月八日（月）

前回の「眼科検診の結果」にも書いた事だが、結構な金額を支払って「異常無し」は如何なものかとも思うが、「異常無し」が私に与えた影響は思いの外大きかった。と言うのも、「眼科」と「胸部エックス線」以外に「要経過観察」は無く、此の一年間の食生活に問題無いことが判明したからである。特に血液検査では、病院で「脂質」に「問題あり」と出ていたし、「糖尿病予備軍」と判定されてもおかしく無い状況だったからである。勿論「異常無し」でも、今後とも気を付けなければならない点は幾つもある。最初に〝糖分〟である。デザートは出来るだけ控える。〝甘い物大好き人間〟の私には非常に辛い事である。更に果物も控える。此れは以前の健康診断でのコメントにあった指摘である。「果糖」にも気を付けなければならない。そして野菜を沢山摂る。此れが中々出来ないでいる。只「生野菜」でなくても良いようなので、日曜日には〝ほっともっと〟の〝すき焼き弁当〟を注文している。メニューの謳い文句に「野菜たっぷり」と記してあるからである。後は〝檸檬ティ〟と〝檸檬焼酎〟を毎日飲むようにしている。檸檬は当然来宮の檸檬である。

来宮の檸檬は先日（二月二十八日日曜日）枝に生った総ての実を取り切り、多分今シーズン最後の収穫を終えた処である。新宿二丁目のフレンチ、荒木町の洋食屋、自宅近くのバー、職場の司書へと、今年も数多く供給した（昨年は実が生らなかった）。二十八日には、梯も出動して高い枝に生った実を切り取った。

食習慣では、夕食に週に二度は〝魚〟を食べるようにしている。〝刺身〟と〝鯖の昆布締め〟である。豚肉も週一度か二度〝トンカツ〟として食べている。鶏肉も週に一度〝ぼんじり〟で摂っている。夕食はバランス良く摂っている積もりである。昼食は月曜日と木曜日が〝ドトール〟で〝コーヒー（ホットｏｒアイス）とトースト（良く焼き）〟を注文している。火曜日は〝すき家〟の〝ミニ牛丼と味噌汁〟、水曜日は菓子パンか御握り、金曜日が中華料理屋で〝ラーメン〟か〝タンメン〟か〝炒飯〟だったが、最近は〝かた焼きそば〟を注文している。土曜日は新宿二丁目のフレンチと荒木町の洋食屋、複合商業施設〝コモレ四谷〟の〝すぱじろう〟（スパゲティ専門店）をローテーションで回している。日曜日は熱海駅ホームの売店で〝カツ・サンド〟と〝酎ハイ（糖質ゼロ）〟を購入している。以前は〝駅弁〟だったのだが「脂質」を気にしての変更である。朝は前の晩の残り物か〝ルウだけのカレー〟である。本当は野菜を投入したいのであるが、その分日持ちが悪くなるので兎に角〝朝カレー〟にしている。と言うのは、以前「〝朝カレー〟は健康に良い」という記事を読んだことがあるからである。あとは間食を出来るだけしない、外ではコーヒーも飲むようにしている。赤ワイン同様コーヒーにもポリフェノールが多数含まれていることが分かっているからである。家では紅茶と同様に日本茶を良く飲むことにしている。職場での飲み物は、ペットボトルの日本茶が多い。此の時期大抵は一瓶で足りるが、一日勤務日（水曜日）では三つ持参している。日本茶とカルピス・ウォーター、カフェ・オ・レである。カフェ・オ・レの成分が気になるのではあるが。

何れにせよ、今後一年間此の食習慣で結果がどう出るかである。食習慣だけでなく、適度の運動も欠かせない。うーん、問題山積である。

庭木の剪定　三月十五日（月）

此れも以前に書いた事だが、自宅の庭木の剪定を始めてから約一年経つ。父が○○病院に入院したのが二〇二〇年の一月十七日金曜日、□□病院に転院したのが三月十二日木曜日、※※園に転所したのが四月二十一日火曜日、此の間父は一度も帰宅していない。八月二十五日火曜日に△△病院に入院して退院した後も※※園で過ごし、二〇二一年二月十一日木曜日に○○園に入所した。此の間も父は当然ながら帰宅していない。

その間、私が庭木の剪定をするようになった。まず最初に手掛けたのが、通りに面したフェンスのベンジャミンの手入れと木瓜の剪定であった。木瓜は花が咲いたあと枝が伸びていた。紫陽花がそろそろ咲こうかという時季に木瓜の枝を紫陽花に揃えることが見栄えを良くするのだと判断したのである。道行く人に「綺麗ですね」と言われたのに対して

「手入れが大変なんですよ」と応じたことも有った。その後紫陽花が咲き終わると、その枝を短くした。此れは昨年父がかなり短く剪定していたのを覚えていたからである。春から初夏に掛けて紫陽花は思った以上に成長する。花を咲かせる頃には相当背が高くなって、逆に見栄えが悪くなる。父はそれを長年の経験から知っていたのであろう。私が気付くらいに短くしていたので、今回も同様にした。紫陽花と共にベンジャミンの花が咲いた。此の時季が我が家の庭が一番華やぐ時で、咲き終わった紫陽花とベンジャミンのあと始末をした。

こうして夏が過ぎ落ち葉の始末と建物周りの雑草との「格闘」を済ませ、冬を迎えた。一番寒い時季に他所の家の落ち葉を始末し（私なりの方法で。此れも以前に書いたことだが）、年が明けて来宮に檸檬を収穫することが続いたので、暫く自宅の庭木は放って置いた。そして来宮の檸檬を収穫し終わったので（最後は梯子を使った）、自宅の庭木の剪定に戻った。

まず建物周りの雑草を切り取って、見栄えを良くした。但し此の通路は猫（飼い猫も野良猫も）の通り道なので注意を要する。最近は〝東急ハンズ〟で購入した〝スプレー〟を散布している。以前に使用していた〝小袋〟は、効果が一週間ほどで利かなくなることが判明したからである。庭木の枯葉（枯れ枝）を抜いているると、蔓桔梗が咲いているのを発見した。父が入院してから初めての開花である。「今年は駄目かな」と思っていた矢先の出来事なので、大変自信になった。自分の遣り方でも通用することが分かったからである。あとは初夏に掛けて紫陽花が咲き、此れは昨年も咲いているので、実績があるので見通しがある。既に蕾が至る所に見える。残るは芝桜である。昨年は私が踏んで仕舞った地面には咲かなかった。つまり父が手入れしていた頃よりも咲いた数が少なかったのである。今年も該当の地面には咲かないだろうが、少しでも咲いて欲しいと思っている。木瓜・蔓桔梗・ベンジャミン・紫陽花・芝桜と五種類の花が季節毎に咲いては枯れるのを、我が家の庭で楽しませてくれるからである。五種類とも「高木」では無い。以前にも書いた事だが、父が手入れのことまで考えて「高木」を植えるのを止めたとしたならば、大正解だったと言える。「高木」は花が咲いたら見栄えが良いが、散った花弁や落ち葉の始末が思った以上に大変で、私は来宮の別荘で経験済みである。此れも以前に書いた事ではあるが。何れにせよ各種の花が咲き揃うまで、あと僅かである。

回　答　三月二十二日（月）

先日自宅に速達郵便が届いた。以前私が区長宛てに出した〝リサイクル法〟についての陳情書の回答であった。以下の通りである。

林　孝志　様

清掃事務所長　〇〇　〇〇
（公印省略）

リサイクル法について（回答）

お手紙拝見しました。日頃から区のリサイクル・清掃事業にご理解ご協力いただき、ありがとうございます。お返事が遅れて申し訳ありません。

お尋ねの古紙の持ち去りに対する区の考え方についてお答えします。

古紙やアルミ缶などの資源持ち去りの対策としては、「資源持ち去り禁止」と表示した紙袋を清掃センタなどの清掃関連施設や区役所・特別出張所などで配布して、古紙新聞等の排出時にご利用いただいています。また、区民のかたからの持ち去りの情報提供により、悪質な場合には地域のパトロールを実施しています。

あわせて、区民の皆様には、地域の町会・自治会・管理組合等で実施している集団回収への参加をお願いしています。集団回収は、地域コミュニティーの活性化と費用対効果に優れており、区としても推進に力を入れているところです。

今後も、上記の資源持ち去り対策の実施及び、集団回収の促進に努めるとともに、条例等による資源持ち去りの禁止についても検討してまいります。

問合せ先　　清掃事務所事業係　電話　○○―○○○○―○○○○

FAX　□□―□□□□―□□□□

私は「集団回収」の存在等知らなかった。しかし我が家が属する「集団」は何処なのだろう。それに、私の見る処、近所で「集団回収」をしているようには見られない。回答書の文面では「地域の町会・自治会・管理組合」と言うが、「○○町会」で「集団回収」している事実は今の処認められない。

しかし、とにも角にも回答が寄せられたことは意味がある。取り敢えず、「問合せ先」である「清掃事務所事務係」に電話して、木曜日のパトロールを実施して貰おうと思う。行政が地域の実態を知ることこそ、「最初の一歩」になるだろう。警察では解決出来ない「民事」の事件だから、「民事」の基本（何度も言うようだが、区には〝リサイクル法〟が無い）に則って事を進めて行くしか方策は無い。

最後に「資源持ち去り禁止」なる袋を「清掃センター」に貰いに行って木曜日に紙類の回収時に使用しようと思う。

歩くという事　三月二十九日（月）

二月二十日土曜日・春分の日、私は自転車で菩提寺に向かおうとした。すると自転車の後輪がパンクしている事が判明した。実は前日に近所のサイクル・ショップで空気を補充したばかりだったのだが、その時点でパンクしていたのだろう。昨年大晦日に乗った時は異常は無かった。此の三箇月でパンクしたものと思われる。止むを得ず徒歩で喜久井町に向かうことにした。空模様は何時雨が降り出してもおかしくない様子で、私はコーチのショルダー・ポーチにペットボトルの御茶と折り畳み傘を入れた。靴は私の靴コレクションで二番目に歩き易い物を選び（一番は修理に出している）、近所のスーパーで購入した花を手に提げた。

自宅を午前八持三十分頃出発し、まず津の守坂を降り切り合羽坂を登り外苑東通りに出た。あとはひたすら北上し柳町交差点を過ぎた処で左折した。又延々と歩き、喜久井町に出た。何時もは自転車を置いて早稲田通りまで降りて花を購入するのだが、此の日は直ぐに墓に水を遣り線香を購入した。林家の墓の周囲は、前回（昨年の大晦日）に私が草木を手入れしたので見苦しくなかった。

さて、墓参を済ませた私は何処にも寄らず帰宅することにした。雨が心配だったし、歩いて例えば新宿に出ること等選択肢には無いからである。帰りは行きの逆で、合羽坂を下がらずにそのまま曙橋を渡り左折して津の守坂に出た。帰宅したのが午前十時頃だった。ところで「歩くという事」は健康に良い事は明らかである。自転車を漕ぐ事も同様であろう。健康診断で特に気を付けなければならない事は無かった。眼科も同様である。なので食生活で気を付けるべき食品は無い事になる。先日「ニュートン」という科学雑誌に、「健康に悪い食品」が掲載されていた。それは「糖質」を多く含む食品である。「糖質」を多く含む食品は以下の通りである。

①米・小麦・蕎麦
②サツマイモ・ジャガイモ・葛・春雨
③カボチャ・トウモロコシ・レンコン・切干し大根
④小豆・隠元豆・エンドウ豆・空豆・ヒヨコ豆・レンズ豆
⑤銀杏・栗
⑥果物全般（アボカド・ココナツを除く）
⑦ビール・日本酒・ワイン（甘口）・シャンパン（甘口）・紹興酒
⑧砂糖入りコーヒー・砂糖入り紅茶・コーラ
⑨ケチャップ・ソース・味醂・白味噌

（「ニュートン」二〇二一年二月号より）

尚、「脂質」は「健康に悪い食品」では無いという事である。「脂質」は身体に必要な成分であると言う。勿論、必要以上に摂取すれば身体に良いとは言えなくなる。何事も「過ぎたるは及ばざるが如し」である。逆に、前記の①の「米・小麦・蕎麦」等は必要最低限は摂らないと身体に良いはずは無い。

とは言え、当分コーヒー・紅茶はストレートで飲むに如くは無い。

身体に良い事　四月五日（月）

ほぼ総ての著作やテレビ番組で「身体に良い事」は食事と運動だと言われている。

食事に関しては、医療と科学の発達で以前の常識とは別の新知見も紹介されている。以前、或る雑誌の記事で「朝食を抜いて見た」という物があった。「昼食と夕食のみ」の利点は、夕食から翌日の昼食までに十六時間の間隔があり、その間に胃腸の働きが整えられるというもので、記者自身の体験談も掲載されていた（此のことで如何にもそれらしく見せていた）。三食から一食抜くという発想は、以前から昼食を抜く（抜かざるを得ないほど仕事が忙しい）ことが挙げられていたが、此の間隔は七時間から九時間で、胃腸の働きを整える為の時間としては不足していた。

但しそもそも「胃腸の働きを整える」ことが健康に良いかどうかは議論の余地があるし、更に言えば「一日二食」が本当に健康に良いのかは、識者によって異なる議論である。歴史的に見れば、日本人は永らく「一日二食（朝・夕）」だったと言う。「一日三食」は江戸時代になってからの食習慣なのである。そして注目すべきは、戦国時代までの日本人の平均寿命の短さである。勿論、病気に対する当時の医療内容の低さを勘案しても世界水準からすれば間違いなく短い。それが現在、堂々たる世界一位の高齢者国家になっている。

それには医療体制の発達・充実や、国民一人一人の意識と日本人の食習慣の変遷に理由を求めてもおかしくは無いはずである。勿論、古代から江戸時代にかけて日本人は感染症に悩まされて来た（磯田道史・著『感染症の日本史』より）。それぞれの時代の専門家の研究により、少しずつではあるが知見を積み重ね病気と向き合って来たのである。此れは海外でも同様であろう。それが明治時代になって（正しくは幕末から）西洋近代医学が日本にもたらされ、此の辺りから日本人の平均寿命は右肩上がりになったと思われる。

私個人の意見としては、「一日三食」で問題無いという結論である。「三食」により身体を動かすエネルギーが過不足無く得られる。「二食」だとどうしても空腹感から「一食」の量が増えてバランスが悪くなる。最初に紹介した雑誌の記者の体験談では「（一日二食に）慣れれば食べ過ぎない」とあったが、此れは記者個人の感想に過ぎない。昔から「腹八分目」と言われて来たが、「一日三食」が「腹八分目」にするのに最も適した食習慣なのである。しかし、南極観測隊の食事は通常の倍もするカロリーだったそうである（嘉悦洋・著『その犬の名を誰も知らない』）。此れは極限地で活動する隊員の栄養補給が欠かせない点と、何よりも隊員達の唯一の楽しみが「食事」だったからである（尤も『天空の城ラピュタ』では海賊の食事は「一日五食」だったが）。こうした事実は、著作を読んでみなければ知り得ない事柄である。自分だけの体験では知り得る「知見」は限られている。フランシス・ベーコン（英国の哲学者）も述べているが「知は力なり」である。

最近の私の読書歴は、近田吉夫・著『昭和の戦争』と中野信子／澤田人・共著『正しい恨みの晴らし方』や辻真先・著『たかが殺人じゃないか』にスージー鈴木／マキタ・スポーツ共著『ザ・カセット・テープ・ミュージック』に堺屋太一・著『豊臣秀長』がある。現在は山田邦明・著『上杉謙信』と夏樹静子・著『Wの悲劇』を読んでいる。

他の「知見」に接するのに読書は最良の手段の一つである。

新年度の勤務　四月十二日（月）

私の新年度の勤務は、勤務校は変わらず、変わったのは一つの学校を東京都教育委員会と契約したのが、違う会社であったことである。私は二つの会社と契約する訳である。

この学校の司書達は（私も含めて）三人共「移籍」を決断した。何しろ今までの会社が落札すると思っていた処に、違う会社が落札したと聞いて皆動揺していた。其処へ別の司書から「それまで勤務していた司書へオファーがある」という情報を得た。つまり、「移籍」という選択肢が与えられると言う訳である。その情報を得て、私は「掛け持ち」はありなのかを確認して、二つ会社と契約する運びとなった。

さて、四月最初の勤務は一日木曜日の学校である。私は午後の勤務で何時も通りに出勤した。翌日も同じくで午後の勤務である。三日土曜日は病院の診察日で、新宿二丁目のフレンチでランチを摂った。その後銀座に出て、三越の資生堂で注文しておいたオー・デ・コロンを購入した。先日の夜来店して、女性スタッフ（化粧品売り場では殆どが女性であるが）と楽しい会話をしたのである。

御蔭でコロンを二瓶購入することになった。「取り寄せ」の場合、二品以上になるそうである。うーん、以前新宿伊勢丹の資生堂では一瓶でも良かったのであるが。まあ、細かいことをごちゃごちゃ言うのは格好悪いので、何も言わないでおいた。

翌日曜日四日は、一箇月振りに来宮の別荘に赴いた。ほったらかしにしていたので、雑草が刈り取られて家の壁際に置いてあるのを発見した。向かい隣りの住人が刈り取ったのであろう。拙かった、もう一週早く来ていれば此の事態は避けられていただろう。

さて先日、私の携帯に新しい会社から着信があったので後日折り返し電話すると、別の学校の定時制のシフトで火曜日人がいないと言うことだった。私は即座に承諾して、勤務地からの道筋を検討した。その結果、メトロ千代田線千駄木駅まで都営バスで行き、千代田線・常磐線直通各駅停車で金町駅下車。京成バスで付近のバス停に降車すれば最短で行けると判断した。帰りは金町駅から国会議事堂前駅まで戻り、丸ノ内線四ツ谷駅で下車すれば帰宅出来る。勤務は二十二時までである。十三日火曜日は、帰りのバスを逃して仕舞った。徒歩で金町駅に戻ったのでJR常磐線・千代田線直通電車を一台遅らせることになった。次回はバスを逃さないように（歩かずに済むように）したい物である。

久し振りの定時制シフトであるが、利用者は少なく最後の閉館手続きをきちんと行うことが私の役割である。只翌日一日勤務なので、朝早起きするのがきついのではあるが。ところで新しい会社は「予想以上に契約が取れた」ようで、司書が明らかに不足していると思われる。「移籍組」も多いのだろうが、それでも定時制シフトを確保するのが難しいのは明らかである。此の分だと、別の高校の定時制シフトの話が舞い込んで来そうな気がする。月曜日ならば、翌日は午後始まりだからゆっくり寝られる。充分な睡眠はその日のコンディションを決めるファクターである。八時間睡眠を心掛けている私には、〝早寝・遅起き〟が重要なのである。

『代務』について　四月十九日（月）

先日、又会社から連絡があって「定時制のスタッフが足りない」ということであった。月曜日の勤務を終えて、行くことは出来る。バスで千駄木駅まで行き、千代田線で町屋駅で乗り継ぎ、京成線のお花茶屋で降りて徒歩十分程度である。全行程六十分、午後六時から勤務可能である。

ところが先日の金曜日、職場へ向かう都営新宿線の車内で携帯にメインの司書からの着信に気が付いた。駅に降りて電話したら、電車の音で会話の前半は聞き取れなかった。電車が行ったあとに会話が出来て、会社から此のまま別の高校に行って欲しいとのことだった。再び新宿線に乗り込み一駅先に進み、馬喰横山駅で乗り換えて押上駅までメトロ半蔵門線で京成立石駅まで行った。其処からは徒歩で昔ながらの商店街を通過して、葛飾区役所の受付で「○○高校へはどのように行けば良いですか？」と尋ねて、行き方を教わり無事に高校の場所を確認した。それから一旦商店街に戻り、駅前の〝ドトール〟で「アイス・コーヒーのSとトーストの〝良く焼き〟」を注文した。するとマーガリンが温まって出て来た。他の店では無かった事なのでちょっと「感動」した。商店街に戻り別の店で夕食を買い込み、再び勤務地に赴いた。

此の日の勤務は、午前十二時三十分から午後十時までである。パソコンのパスワード等を教わり、閉館手続きを実際に見せて貰った。今までで一番複雑な手順である。メインの司書が勤務終了して退勤してからは私一人勤務である（定時制シフトは大抵そうである）。

此のように代理で勤務するのを「代務」と呼んでいる。「代打」とも言うが此れは正式名称では無い。「ピンチ・ヒッター」も「ヘルプ」も同様である。さて、以上のようにして「代務」をこなすのは私にとって収入を増やす良い機会なのだが、定時制シフトの勤務は帰宅が遅くなる。当然酒は飲まない。身体には良いのかも知れないが、睡眠をしっかり取らなければならない。

新年度を迎えて、定時制シフトが不足しているのは明らかである。会社の担当者は「連休明けに募集に応募があるはずなので、それまでをお願いしたい」と言っていた。果たしてそう旨く事が運ぶであろうか？　火曜日の定時制は覚悟している。あと金曜日の定時制も覚悟した方が良いと思う。そうすると、火曜日と金曜日は帰宅が遅くなり、酒も飲まない生活になる訳である。まあ収入が増えるので文句は言わないが、それ以外は「代務」は遠慮したい。

今までにも色々な高校の図書室に出向いたが、其々《それぞれ》の拘り（メインの司書の）があり、其の違いは勉強になる。問題は「人」である。会社が新しくなって担当者が変わった現在、「拘り」と「拘り」がぶつかっているような気がする。どちらを優先させるのか、メインの司書で無い私はその板挟みになりかけている。先日〝悩み相談〟をしたが、もう一回する必要がある。

緊急事態宣言三回目　四月二十六日（月）

先日東京都その他の県に「緊急事態宣言」が発出された。此れで三回目となる。病床数の逼迫と変異株の広がりが主な原因であるが、今回の措置で百貨店（生鮮食料品売場と化粧品売り場を除く）への閉店要請がなされた。今までの「宣言」では時短営業の要請だった。此れで百貨店に入っているブランド店を利用出来なくなった。実は、〝銀座三越〟の〝資生堂〟に用があったのだが、諦めざるを得ないかも知れない。更に飲食店への午後八時までの時短営業の要請に伴い、酒類の提供も同じくされ、違反すると科料を科せられることになった。銀座の高級クラブと言われる店舗はどうするのだろう？

月に一度の銀座での〝プチ豪遊〟を楽しみにして来た（唯一のと言っても良い）私に取って、此れは大問題である。午後八時までに食事を楽しみ、その後が肝心なのである。予約を入れていたスペイン料理店は〝三越〟に入っており（従って営業出来ない）、キャンセルの連絡があった。当日、銀座で営業しているレストランを探さなければならない。うーん、面倒臭い。

幾つかは心当たりがあるが、果たして営業しているだろうか？　予約無しで入店出来るだろうか（多分、客は少ないと思われるが）？　此の処右膝が痛いので、余り歩き廻りたくは無い。

此の痛み、何時頃からかと言うともう一箇月は続いていると思う。最初は特定の靴を履いた時に痛みを感じ始め、それを庇う歩き方をすると膝周りの筋肉が痛くなった。更には太腿（特に外側）もである。全く厄介なことである。今では階段の上り下りにも痛みが走り、職場から職場への移動時には出来るだけ乗り継ぎ駅のエスカレーターやエレベーターを使用している。そして今現在最も歩き易い靴を履いている。何回も靴底を張り替えた〝ホーキンス〟である（〝新宿高島屋〟の〝ミスター・ミニット〟で）。

二十四日の土曜日、私は久々に自宅付近の定食屋に赴いた。此の一週間は水曜日を除いて総て定時制シフトが入っており、当然晩酌も出来なかった。昼間のワインの美味しかったことと言ったら。トマトのビーフを注文したが、ちゃんとした食事を久し振りにした思いだった。同時に元気も出た。次の週はそれほど定時制のシフトは入らないはずである。月曜日の朝に確認の電話を会社にする積もりである。

翌二十五日の日曜日は、来宮に行く積もりだったが「宣言」が出るので諦めた。其の代わりに自宅の庭の剪定を行った。雑草と伸び過ぎた木瓜の枝を切り取った。芝桜が見頃を終え蔓桔梗とベンジャミンが花を咲かせている。もう直ぐ紫陽花の季節となる。既に額紫陽花の蕾が膨らんでいる。紫陽花の枝も生長し過ぎて切りたい処だが、花を切って仕舞っては元も子も無いので手を付けないでいる。

その次の二十六日月曜日は、銀座に出掛ける日である。〝資生堂〟での買い物は出来そうだが、その後の食事は決まっていない。食事のあとの高級クラブは営業をしているとのこと、係のホステスからメールが届いている。此れで一安心である。英気を養い、一週間に立ち向かえることが出来るであろう。

銀座の〝プチ豪遊〟 五月三日（月）

四月二十六日月曜日、私は夜を銀座で大いに楽しんだ。

まず〝銀座三越〟の地下一階〝資生堂〟で買い物をした。職場の司書で業務責任者をしている女性に贈る為である。前回、前々回に対応してくれた〝資生堂〟のスタッフは休憩中なので（前回も「休憩中」だったので暫く待ったのだが、今回は時間が無いので）、別の〝資生堂レディ〟と相談してハンドクリームを購入した。

其の後銀座四丁目付近を歩いて、営業している飲食店を物色した。その結果、地下で店を構えるスペイン料理店を発見し、店に入って「六時四十分に又来るから」と予約をした。そして待ち合わせ場所のＪＲ有楽町駅中央改札口前で彼女（高級クラブのホステス）が来るのを待った。約束の時刻は午後六時三十分。彼女は時刻通りに現れ、二人して先程のスペイン料理店に赴いた。店ではアルコール飲料は出せないので（「緊急事態宣言」に新たに加わった措置）、彼女はジンジャーエール、私はノンアルコール・ビール（二杯）にした。パエリア（「四十分ほど掛かります」と言われた）、生ハム（勿論〝パルマ・ハム〟）、マッシュルームのガーリック・オイル漬け（スープにパンが合う）を注文した。飲食店の営業は午後八時までなので、八時丁度に店を出た。今度ゆっくり訪れたい店であった。

クラブには従って何時もより早く到着した。先ずボトルを新たに一本入れ（シーバス・リーガルのグリーン・ラベル）、落ち着いた頃前回も〝ヘルプ〟で付いてくれたホステスが到着した。前回も同様にチーフが呼び出したに違いない。私は美女を「両手に花」状態になった訳である。其処で私は今まで話していない話題を提供して、場を盛り上げた。それは「乗り物内での痴漢」の話である。総て私自身の体験に基づくもので、フィクションでは無い。第一、フィクションでは此の手の話題は現実味を持たない。一番盛り上がったのは、私が以前に勤務していた頃（今から四十年前）、ＪＲ中央線快速電車内の一件である。二人は大笑いしながら聞いてくれた。〝ヘルプ〟の彼女は、スタイルも良く大胆な服装をしていて、自身の体験談（痴漢の被害）も語ってくれた。私の係の彼女も経験があると言う（高校生の頃）。高校生は狙われ易いのか。

次に、職場内に於けるセクシャル・ハラスメントについて語った。〝ヘルプ〟の彼女は経験があるらしく、そういう雰囲気を醸し出している女性だった。一方、私の係の彼女は真面目で冗談は理解するが、実際は「堅い」女性である、と思う。彼女には来宮の檸檬や〝ゴディバ〟のアソートメント、〝資生堂〟のリップスティック三本詰め合わせ（クリスマス限定商品）をプレゼントしている。そして自分用のコロンを注文した。現物が無いので「御取り寄せ」となり、「御取り寄せ」の場合二品からになると言う。止むを得ず二品注文して、ランチの話を出したのである。「銀座でランチの美味しい店は何処か？」と。その答えを次回に（ゴールデン・ウイーク中？）に訊きたいものである。

定時制シフトへの〝ヘルプ〟　五月十日（月）

四月三十日金曜日、私は学校が遠足の為（本当に実施したかは不明）勤務が無いので、別の高校の定時制の〝ヘルプ〟に行った。本来は十二時二十分からの約束（会社の担当者との遣り取り）だったのだが、十七時からになっていた。此の間の事情は大凡《おおよそ》の見当は付くが、今は事を荒立てないで置く。押上駅で東武線車両に定時制シフトのスタッフを発見した時は、驚き呆れた。此れでは先が思い遣られる。

結局二人で学校へ赴き、勤務に就いていた業務責任者と全日制の〝ヘルプ〟のスタッフを驚かし、責任者は会社に連絡を取り確認した。会社の担当者が「混乱」しているらしい。最終的には二人で定時制シフトの勤務に就いた。はあ。

過去の新聞紙を縛り、六紙（朝日・読売・毎日・日経・産経・東京）の束から土・日・月を抜いて棚を移動させ、「今月分の棚」を空にした（此処に五月分が入る）。此の作業をもう一人のスタッフに遣らせた（勿論、私の監督の下）。彼にはテーブル等の消毒も遣らせ（勿論、私は監督しない）、最後はパソコンのシャット・ダウンは私が行い、施錠を彼に遣らせた（勿論、私が監督した）。ふう。

私はあと一回〝ヘルプ〟に行くことになっている。五月七日金曜日、此の際、青砥駅から歩くのだが、此れまで最短コースを行けた試しが無い。次こそは最短コースを見付けたい。多分此れが最後の〝ヘルプ〟になるらしい。本当に？

問題は別の学校の定時制シフトである。現時点で、火曜日と金曜日が埋まっていないようで、〝ヘルプ〟に行くことになるらしい。ルートを検討中である。先日行った際、全日制の司書（ベテランの方）から青砥駅から金町駅への電車（京成金町線）が本数が少ないことを教えられている。うーん。

しかし実際に行くとなると、此のルートが最短となるはずである。私としては火曜日は五十分で行ける（実績も作った）が、金曜日も出来るだけ早く（全日制のスタッフを待たせないで）到着したいのである。

週に二回の〝ヘルプ〟なら、身体に影響を与えることはそれほど無いであろう。右膝の痛みは整形外科に行って診察して貰おうと思っている。此のままでは移動に差し支えるからである。早く直して不安無く〝ヘルプ〟に行きたいものである。

連休中の五月三日月曜日・憲法記念日に〝銀座三越〟の〝資生堂〟に赴いた。自分用のアフター・シェーブローションを購入した。銀座の街は閑散としていた。新宿の方が人は出ていたように思う。連休中ということもあるが、此のような状態が何時まで続くのか？何時「緊急事態宣言」が解除されるのか？　ランチにワインが頼めないでは楽しみも半減と言うものである。

結局、其の日は自宅で昼食を摂った。

勤務の定着　五月十七日（月）

五月六日木曜日、私は曙橋付近の整形外科に受診しに行った。右膝の痛みの為である。其処で生まれて初めて自分の膝のレントゲン写真を見た。医師によると水が溜まったり、半月板に損傷は無く、湿布薬を処方された。近くの薬局で処方箋を提出して、薬を購入した。駅近くの〝ドトール〟で早速患部に湿布薬を貼った。

さて連休が明けて二週間、私の勤務シフトが固定されつつある。

週に二回定時制が入るが、身体も慣れて来て今の処問題無い。問題なのは此のシフトが何時まで続くかということである。火曜日と金曜日の夜に予定を入れられないからである。〝定例会〟は一回目の「緊急事態宣言」発出のあと一度も開催されていない。〝〇〇先生を囲む会〟も同様である。「受勲の御祝いの会」も無期延期のままである。なので火曜日はまあ良いとしても、金曜日は〝週末の飲み会〟が入らないとも限らない。勿論「宣言」が「解除」されたらの話ではあるが。

と言う訳で、連休明けの「日常」は働く場があるだけ有り難いと思わなければならない。会社が求人に対して定時制シフトを希望する人材を確保出来るか、見物である。個人的観測では、難しいと思われる。何故なら会社の提示した条件が「十七時から二十二時まで」というものだからである。或る司書曰く「此れでは応募は来ない。十二時三十分から二十二時までにしないと」と。

ところが、急転直下新しい司書が決まったのである。五月十一日火曜日に職場に行ったら、新しい司書を紹介された。そして私が図書室の閉館に関する施錠や警備開始の手順を教えることとなった。此の日も一時間短縮なので（定時制）、八時三十分から閉館手続きを始めた。無事閉館して、鍵とカードを職員室に持って行った。そしてバスで金町駅まで戻り、ホームで別れた。

此の週は金曜日も行く予定だったが、此の分では必要無いと判断した。と言うことで五月十四日金曜日の朝に職場に電話をして、司書室を呼び出して貰い「今日は伺わない」と伝えた。そして別の職場へ上履きを引き取りに、四ツ谷駅から永田町駅乗り換えで押上駅まで行き（南北線と半蔵門線）京成押上線の京成立石駅に辿り着いた。其処から徒歩で学校まで行ったのだが、予定より遅れていたので（挨拶せずに）下駄箱から靴を取って駅に戻った。立石駅から高砂駅に行き、京成線（快速急行）の京成八幡駅まで行き都営新宿線に乗り継ぎして篠崎駅に辿り着いた。ふう。

と言う訳で定時制は無くなった。つまり今まで通りのシフトに戻ったことになる。何だか気持ちが軽くなったのは、気の所為であろうか。

膝の痛み　五月二十四日（月）

連休明けの五月六日木曜日に、私は生まれて初めて整形外科を受診し湿布薬を処方して貰った。其の薬が無くなり掛けたので、五月十三日木曜日に処方箋を出して貰い薬局で湿布薬を購入した。市販ならば結構な価格なのが、処方箋で購入するとかなり「御得」となる。私の膝の痛みは此の薬で大分緩和された。しかし完治した訳ではなく、特に階段の上りに痛みを感じる。あと、膝を折って座る時もである。二十八日分の薬が切れそうになったら、同じ要領で薬を購入することになるであろう。

さて五月二十日木曜日に、職場で打ち合わせが行われた。司書からは業務責任者のスタッフ、学校側から司書教諭（図書館担当）、会社から担当者である。私はカウンター業務を行い、此の会議には参加しない。打ち合わせが終了し司書教諭が司書室から出たあと、業務責任者が私を呼んだ。担当者が私に話があるとのことである。担当者はまず私に色々迷惑を掛けた点（四月・五月の他校への〝ヘルプ〟の件）を詫びて、私が現在の勤務シフトで良いのかを尋ねた。私は逆に「私に何をお望みですか？」と問い返した。すると或る学校の定時制シフトに〝ヘルプ〟に行って欲しいと言う。曜日は火曜日と金曜日。但し来月頭からだと言う。その学校は私が司書になった最初の年（正確には半年間）に木曜日・金曜日の定時制のシフトに入った所である。勿論そんなことは話さない。全日制のスタッフを「一時間待たせる」ことになるが、勤務は可能だと応えた。担当者は「又連絡します」と言った。

その日の夜、私の携帯に留守番電話がありショート・メールが届いた。言わずと知れた担当者からであり、「明日十二時二十分から十七時まで『業務責任者』として入って欲しい」とのことであった。私は「了解しました」と返信し、相手の返信を見てから携帯の電源を切った（最近は又携帯の電源を切るようになった）。

翌日早目に自宅を出発してJR総武線各駅停車で亀戸駅まで行き、東武亀戸線に乗り換えて東あずま駅に辿り着いた。コンビニエンスストアでお握りを購入して職場に赴いた。経営企画室に挨拶して、スリッパに履き替え図書室を目指した。司書室で全日制のスタッフと挨拶して、話をする内に何故私が「業務責任者」になったのかを理解した。図書室内の配置は以前とは大分趣が変わったように思えた。

何れにせよ、五月は此の日だけの勤務だと思っていたら、経営企画室の人が二名（一名は本屋かも知れない）が新着本を抱えて来た。段ボール箱で二箱である。私は何時もやっているように、コピーした注文書と新着図書を照らし合わせて、ブック・トラックにリスト（注文書）の順番通りに並べて行った。リストにチェックを付けたのは言うまでもない。次にブック・カードや葉書・栞を抜いて中を検品した。最後に大きい段ボール箱を畳んで小さい段ボール箱の横に立て掛けた。ふう。まさか自分が他所の学校の新着図書を受け入れることになろうとは思わなかった。

翌週の月曜日に出勤したスタッフが整然と並べられたブック・トラックを見て、感謝してくれれば此方としても遣り甲斐があったと言うものである。この学校に来月から（火曜日・金曜日）定時制シフトに入ることはほぼ確実であろう。それならば印象を少しでも良くすることは言うまでも無い。

代務の実際　五月三十一日（月）

五月二十三日日曜日に、私の携帯に会社の担当者からショート・メールが届いていた。「五月二十四日月曜日、二十五日火曜日、二十六日水曜日、二十八日金曜日に定時制シフトに入って欲しい」と言う内容であった。私は「了解した」と返信し、手帳に予定を追加した。簡単に了解した訳だが、実際は簡単では無い。二十五日火曜日は一日勤務（月に一度、メインの司書が休暇を取る）で、前日の定時制シフトは結構きついものになる。二十六日水曜日は一日勤務で、何時もより早起きしなければならず前日の勤務は相当辛いものである。更に一つの学校からもう一つの学校へは、先ず都バスで白山上から団子坂下まで行き、千駄木駅から東京メトロ千代田線（ＪＲ常磐線各駅停車の乗り入れ）で亀有駅まで行く。駅からは徒歩で十五分、此れが体力を消耗する。別の学校からは、先ず京成バスで上沼から篠崎駅まで行き、其処から都営新宿線で終点の本八幡駅まで行き京成八幡駅まで歩き其処から京成本線で京成曳舟駅まで乗る。其処から京成金町線で京成金町駅に乗り換え、ＪＲ金町駅まで歩き其処からＪＲ常磐線各駅停車で亀有駅に戻る形になる。乗り換えにかなり歩くことが分かる。最後の歩きは言わずと知れた駅からの十五分の行程である。

帰りは亀有駅まで徒歩で、其処から東京メトロ千代田線（ＪＲ常磐線各駅停車の乗り入れ）で国会議事堂前駅まで戻り、東京メトロ丸ノ内線に乗り継ぎ四ツ谷駅に到着する。ふう。

数年前この学校に勤務した際は、往復ＪＲを利用していた。乗り換えは神田・上野・北千住であった。料金は此の方が若干安いと記憶している。現在では殆ど変わらない。

此のようにして時間と手間を掛けて勤務地へ赴いた。定時制の生徒の利用は意外と多く、残念なことに図書室を生徒指導の部屋として利用していた。此れは以前全日制のシフトの際にも気になったことだが、図書室を純粋に図書室として利用出来ていない事実である。あの時は夏休みの生徒面談に利用されていた。此れでは、図書室で一人で勉強しようと来た生徒も入りづらくなる。教師たる者総てに気を配るべきなのに、此の高校の教師は私に言わせれば「教員失格」である。その時はせめて司書である私に挨拶をすべきなのにそれも無かった。「図書室を使って当然」と認識しているのは歴然であった。

此のような誤った認識は、職員室で共有され引き継がれて行くものとなる。残念ながらこの職場は「悪しき認識」が現在も共有されている。全日制の業務責任者に話をしたが、定時制の教員に物申すこと等土台無理であろう。しかし言っておかなければ、何かの時に「何故言ってくれなかったのか」と言われて仕舞う。その為にも私は感じたことを敢えて連絡した訳である。

五月三十一日月曜日、私は夜銀座に出た。緊急事態宣言の延長で、デパートの化粧品売り場（と生鮮食料品売り場）は午後六時閉店、飲食店は午後八時閉店でアルコール飲料の提供は無しと全然面白くない。ノンアルコール・ビールを注文したが美味しくなかった。

幸運だったのは、私の掛かりのホステスが膝に痣を作って仕舞いその部分を私の指で触らせて貰ったことである。初めての肌の温もりは言いようもなく、次回（六月末の月曜日）も経過を看ると言う名目で、膝とその上の腿も触らせて貰えるかも知れない。その為には、それなりの代償を用意して置かなければならない。

資生堂　六月七日（月）

六月五日土曜日、私は昼の銀座に赴いた。

此の日は、職場の司書（業務責任者）にプレゼントする商品を購入した。初めから「コンシーラー」にしようと考えていた。私の手元には、以前対応してくれた〝資生堂レディ〟の名前入りのカードが複数あった。私が〝指名〟した〝資生堂レディ〟は揃って売り場にはいなかった。残念。今日はゆっくり雑談（実は此れが私の狙いだったのだが）をしながら、商品を購入しようと思って来たのである。

私のアイディアは、銀座のホステスの膝を私が触らせて貰った時よりも前から温めていた物である。ホステスの右膝は可哀そうに瘡蓋が膨らんでおり、私は其の周辺を指で触らせて貰った。最後に私は少し上と左膝を撫でた。彼女は決して嫌そうではなかった、はずである。彼女は何時もワンピースを着用しているが（私と美味しいものを沢山食べられるように着用しているとのこと）、店ではその裾をぐっと上げている。此れは以前私が〝足フェチ・太腿フェチ〟だと告白したからである。彼女は此の日も膝を隠す為にロングのワンピースにしようかとも考えたらしいが、私の「好み」を思い出し何時もの「膝下」ワンピースの着用に及んだということである。流石プロ。

此の日は前回の席で私に付いたホステスが勤務では無い（給料を貰いに来たらしい）にも拘らず合流して、私の話で盛り上がった。此の日も職場での〝危ない〟話や、「人間の三角形」（真・善・美）の話題は彼女達には初めてだったので、二人共興味関心を示した。彼女達にすれば、「不道徳」な私が、「善」成る為の「道徳」を語ったことは大いなるギャップであったに違い無い。

何れにせよ私は話を盛っている訳では無い。〝セクハラ〟と言う言葉さえ無かった時代の話である。

先週の代務　六月十四日（月）

先週の六月七日月曜日と九日水曜日に、私は定時制シフトに代務に行った。七日月曜日は別の学校勤務（午後五時まで）なので、白山上から団子坂下まで都営バスで行き千駄木駅から東京メトロ千代田線で町屋駅まで行き、京成線に乗り換えてお花茶屋駅まで辿り着いた。あとは徒歩で勤務地を目指した。ふう。

九日水曜日は全日制勤務（午後四時五十分まで）なので、内沼から篠崎駅まで京成バスで行き篠崎駅から都営新宿線で本八幡駅まで行き、京成八幡駅まで歩き京成線に乗り換えて青砥駅まで辿り着いた。あとは徒歩である。はあ。

今週から別の学校の定時制が始まる。此れは「代務」と言うより「固定」のようである。会社の担当者と電話で話したところ、火曜日・水曜日・金曜日の定時制シフトを任されるらしい。水曜日の朝がきついが、贅沢は言っていられない。月曜日が空いているので、月末の銀座が楽しみである。

と言うのも、私の掛かりのホステスに「次回は資生堂にお連れします。欲しい物を考えて置いてください」とショート・メールを送ったのである（六月七日月曜日午前）。するとその日の夜に「本当ですか！　楽しみにしています‼」と言うメッセージが私の携帯に届いた。こういう処が彼女のプロ意識を感じさせる。私が何を企んでいるか、半分位は分かっているはずである。彼女の右膝を触ることである。当然前回同様に膝の上（即ち腿や左膝）も手を伸ばすことになる。但し今回はもう少し大胆になるだろう。何しろ「資生堂」のプレゼント？　が物を言うからである。本当は食事のあと店に赴く途中で、何処かの暗がりに寄り道してみたいのだが。彼女は拒むであろうか。

そのような不純な動機から、職場の司書に資生堂のハンドクリームをプレゼントした。彼女は「こんな物頂けません」とガードを固くして言った。私の企みを半分以上察知したのかも知れない。私は「伝言サービスの御礼です」と言って渡したのだが、彼女はそれだけではないと感じ取っていたのであろう。その場の雰囲気で。

此の処就寝時刻が早い日と遅い日とでまちまちで、充分な睡眠時間を取れないでいる。朝早ければ四時に起床することもある。二度寝は出来ない。そんな時は自宅の庭の剪定を行っている。紫陽花の花が満開だが、其の内に枯れて切り取られることになるだろう。以前にも書いたが、思い切って短くしなければならない。

自宅の留守番電話に熱海の造園業者から、此方のメッセージが届いたことが分かり、来週ぐらいに別荘の隣家との階段を境にした庭のみの剪定を行う予定だということであった。此れで一安心である。此の時季は雑草の成長が驚くほど早いことを、私は経験から学んだ。

一人で別荘の庭の剪定を行なうようになったのは、何時の頃からだろう。

毎週日曜日は早起きして熱海に行き、午前中で作業を終えて東京に戻るパターンが続いている。此れも以前に書いたことだが、私にとっては「必要至急」の外出で「県を跨ぐ」行動も止むを得ないと考えている。一日一袋、熱海市指定のゴミ袋を出すことが毎週の私の課題である。

ワクチン接種のクーポン券　六月二十一日（月）

先日自宅に区から、「新型コロナウイルスワクチン接種クーポン券のご案内」という封筒が届いた。

六月十七日木曜日、私は同封されていた「ワクチン接種の予約の流れ」という印刷物を読み、「電話で予約する方法」を選び、「区新型コロナウイルスワクチン接種コールセンター」に午前九時三十分頃電話をした。「此の電話はサービス向上の為、録音させて頂きます」との機械音の後、呼び出しのコール音が聞こえた。私は話し中のコール音が聞こえるものと予感していたのだが、驚くべきことに一発で繋がった。コールセンターのオペレーターに、氏名・住所・十桁の個人番号を告げ、（一回目の接種の）予約を申し込んだ。

オペレーターは私の生年月日を西暦で尋ね、続いて年齢・電話番号を確認した。そして「キャンセルが出たようで、明日〇〇病院で一名、午後三時十五分から接種出来ます」と言った。何と幸運な事！　私は即座に予約を入れ、オペレーターの注意事項を聞いた。「肩に接種するので、肌を露わにし易い服装を」と「接種後十五分の経過観察」がある事等である。私は「どちらの肩にするのでしょう？」と尋ねたら、「皆さん左が多いようです」とのことだった。そう言えばテレビで接種の様子を放映（職種接種）していたが、皆左にしていた記憶がある。

私は電話を切って手元の書類を改めた。直ぐに「新型コロナワクチン接種の予診票」に必要事項（住所・氏名・電話番号・生年月日・年齢・性別・質問事項の答え）を記入し、明日に備えた。仕事よりもワクチン接種を優先させたことになる。会社の人間が理解を示してくれると良いのだが。

私は先日来ワクチン接種の所謂「副反応」を気にしていた。「副反応」と言う言葉もワクチン接種の頃から遣われ出した。それまでは「副作用」だったはずである。兎に角私の「副反応」嫌いよりも兄は接種をしない方のリスクを強調していた。兄はパソコンからインターネット予約をしたが、一回目の接種が七月の上旬であった。私の予約の電話を傍で聞いていて、悔しそうな顔をしていた。何事も拙速は戒むる事である。

六月十八日金曜日、私は病院に歩いて行きワクチン接種対応係に道順を尋ねた。会場は奥の「1号館」で、案内所で書類を提出し診察券を再発行して貰い（自宅にあったのだが）、接種会場へと向かった。美人の看護師が私のクーポンを受け取り体温を尋ねたので、「三十六度四分です」（予め自宅で検温していた）と応えた。次に問診で医師の問いに答え（アレルギー無し、基礎疾患無し）、其の奥のブースで接種を行った。私は左の肩を出し、美人の看護師が注射を打った。「お疲れ様でした」の声を掛けられ、椅子に座って「十五分待機」した。その際に二週間後の同じ時刻の二回目の予約票を受け取った。私は勤めがあったので、十分ほど座っていたが「十五分経ちました」と嘘を吐いてその場を離れた。

この病院は私も入院したが、父が救急車で担ぎ込まれた病院である。或る意味馴染み深い病院である。その病院でワクチン接種を受けることが出来たのは幸いであると言うべきであろう。

勤務地・勤務時間の変更　六月二十八日（月）

私の変則シフトは以下の通りである。

火曜日は十八時から（出勤簿上は十七時から）二十一時五十分まで（定時制シフト）。

水曜日は十七時から二十一時五十分まで（定時制シフト）。

木曜日は十二時二十分から十七時まで（全日制午後シフト）。

金曜日は十七時から二十一時五十分まで（定時制シフト）。ふう。

定時制シフトは、私が此の業界に入った年に経験している。しかも其処は別の職場であった。なので生活時間帯がずれるのには問題が無い。但し月曜日だけは定時（十七時）で勤務を終わりたい。銀座での待ち合わせ（十八時三十分）に遅刻したくないからである。

其の銀座での待ち合わせだが、今までは月に一回だったが此れからは二週に一回にしようと思っている。厳しい勤務シフトに少しでも元気を貰おうという魂胆である。私の掛かりのホステスは喜ぶであろうか。

彼女は昼をオフィス・レディとして企業で勤務している。そのようなホステスは意外と多い。良く体力と気力が続くものだと感心する。尤も夜の稼ぎは私の想像以上だと思うが。現在の私の掛かりは、二十五歳だと此の間聞いた。以前は「御肌の曲がり角」等とテレビのCMで言っていたが、最近は殆ど聞かなくなった。

さて六月十九日土曜日、私は立川に赴いた。元先輩教員で画家の展覧会を観る為である。JR立川駅に降り立つのは何年振りのことだろう。私の記憶にある風景とまるで違っていた。其の立川駅の北口から歩いて十分ほどの「多摩信用金庫美術館」で、展覧会は行われていた。受付で招待状を見せると、チケットを手渡された。そのチケットのQRコードを入口の機械に翳すと美術館の扉が開いた。此れには私も驚いた。完全な密閉状態を作っているのである。私が入館すると人が一人いたような気がしたが（多分スタッフか？）、何時の間にかいなくなって、私一人だけになった。

外に出て受付に「作家の方の控室はありますか？」と尋ねたところ、無いと言う。其処で画家にショート・メールを送ったら、直ぐに返事が来て立川で逢おうということになった。画家は車で来ると言うので、私は「立川伊勢丹」を目指した。八階のレストラン街をぐるりと廻って「キハチ・ダイニング」の前で待つことにした。スタッフが「御一人様ですか?」と尋ねたので、「あと一人来ます」と応えた。席の準備が出来たと告げられた際は、此処でもう一人を待つと言った。

画家は左程遅れずに到着した。流石モータリゼーション。二人でテーブルに着き昼食を摂った。ノン・アルコールビールもである。まだ此の飲み物を飲まなければならないのか、と思うとげんなりする。「緊急事態宣言」が解除されても「蔓延防止等重点措置」が続いて、飲食店のアルコール飲料提供は午後七時までとなった。うーん、此れでは銀座のレストランでは未だ(本物の)ビールは飲めそうにもない。

職場の移動　七月五日(月)

六月二十九日火曜日、私は初めて職場から別の職場へ移動をした。最寄り駅である東京メトロ南北線の本駒込駅から飯田橋駅に戻り、ＪＲ総武線各駅停車で亀戸駅に行き、東武亀戸線で東あずま駅まで行き其処から徒歩で職場に辿り着いた。所要時間五十五分。ふう。

此れが一年続くと思うとちょっとげんなりする。しかし此の一日が夜間勤務手当を生じさせるのであるから、文句は言っていられない。但し全日制勤務のスタッフを待たせる訳には行かないから、亀戸駅の乗り換えは少し走らざるを得なかった。又、飯田橋駅での乗り換えも一度地上に出て其処からＪＲの改札口に行くと言うのはかなりストレスが溜まる行動である。此の飯田橋駅、プラット・ホームを市ヶ谷駅寄りに位置を移動し駅舎も新装となっている。何とか南北線からの最短ルートを見付けたいものである。そうなると一番手軽なのは、やはりインターネットによる検索となるであろう。勿論実際に私自身が歩いて見るのが確実なのだが。

職場では、「オリンピック」に関連する図書のコーナーを任された。私は毛筆で「オリンピックとクーベルタンの関係」をＡ４判の紙に書き、図書と共に展示した（六月三十日水曜日）。翌日に司書教諭から御褒めの言葉を頂いた。その折一九六四年の東京大会の開会式で、青空に航空自衛隊による五輪の輪が描かれたのを目撃した話を披露した。此の稿でも書いた事だし使い古された話題だが、他人にとっては新鮮に聞こえるのだろう。

定時制シフトは私の生活習慣を変えつつある。水曜日と金曜日は自宅を午後三時三十分に出れば午後五時の勤務開始に間に合う。それまでをどう過ごすかである。時間はたっぷりある。もう一回寝るという選択肢もある。最近は午前五時に起きてしまうので、睡眠時間が不足している。昼寝（シェスタ）も有効だろう。

先日（七月二日金曜日）業務責任者から、初日に言われた業務が果たされていないと指摘された。ショックだった。確かに言われた記憶はある。だが思い出せなかった。他のことに精一杯だったからである。何しろ以前とは業務システムも変わっていて、それを覚えるのが能力の限界だったのかも知れない。エクセルに必要な数字を打ち込んで、翌週の火曜日（七月六日）に出勤した際にそれで良かったかどうかが判明する。はあ。

七月三日土曜日、私は新宿に出て新しいパソコンを購入した。マウスと電源接続ケーブル、プリンター接続ケーブルに外付けのディスク・プレイヤーもポイントで購入した。私はインターネットもWi-Fiも遣らない。只の「箱」として、ウィンドウズのワードだけが遣えれば充分なのである。此の今遣っているソフトは『一太郎』ではあるが。

自宅に戻って初期設定を電話サポートを借りて八十分（！）以上掛けて終わらせた。やれやれ。オペレーター（男性）には感謝しか無い。新しいパソコンは充電が出来るはずなので、外出時に持ち出すことが出来るかも知れない。何しろ軽量なのである。コーヒー・ショップで作業をしている私自身を想像することは中々出来ないのだが。

と言う訳で此の「日々雑感」も、此のパソコンで入力するのは此の稿で最後となる。お疲れ様でした。

著者プロフィール
林 孝志（はやし たかし）
東京都出身
國學院大學文学部文学科・日本文学専攻
東京都在住
新宿区社会福祉協議会ボランティア

【著書】
『悪党たちの日常』（2023年、文芸社）
『日々雑感　1』（2023年、文芸社）

日々雑感　2

2023年12月15日　初版第1刷発行

著　者　林 孝志
発行者　瓜谷 綱延
発行所　株式会社文芸社
〒160-0022　東京都新宿区新宿1－10－1
電話　03-5369-3060（代表）
03-5369-2299（販売）

印刷所　株式会社エーヴィスシステムズ

© HAYASHI Takashi 2023 Printed in Japan
乱丁本・落丁本はお手数ですが小社販売部宛にお送りください。

送料小社負担にてお取り替えいたします。

本書の一部、あるいは全部を無断で複写・複製・転載・放映、データ配信することは、法律で認められた場合を除き、著作権の侵害となります。

ISBN978-4-286-24668-0